共和国故事

挑战极限

——中国登山队员成功登上珠穆朗玛峰

李静轩 编写

吉林出版集团股份有限公司

图书在版编目（CIP）数据

挑战极限：中国登山队员成功登上珠穆朗玛峰/李静轩编. —

长春：吉林出版集团股份有限公司，2009. 12

（共和国故事）

ISBN 978-7-5463-1753-3

Ⅰ. ①挑… Ⅱ. ①李… Ⅲ. ①纪实文学 – 中国 – 当代 Ⅳ. ①I25

中国版本图书馆 CIP 数据核字（2009）第 237763 号

挑战极限——中国登山队员成功登上珠穆朗玛峰

TIAOZHAN JIXIAN　　ZHONGGUO DENGSHAN DUIYUAN CHENGGONG DENG SHANG ZHUMULANGMAFENG

编写　李静轩

责任编辑　祖航　林丽

出版发行　吉林出版集团股份有限公司

印刷　三河市嵩川印刷有限公司

版次　2010 年 1 月第 1 版　　　　2022 年 1 月第 10 次印刷

开本　710mm×1000mm　1/16　　印张　8　字数　69 千

书号　ISBN 978-7-5463-1753-3　　定价　29. 80 元

社址　吉林省长春市福祉大路 5788 号　·

电话　0431 – 81629968

电子邮箱　tuzi8818@126. com

版权所有　翻印必究

如有印装质量问题，请寄本社退换

前　言

自 1949 年 10 月 1 日中华人民共和国成立至今,新中国已走过了 60 年的风雨历程。历史是一面镜子,我们可以从多视角、多侧面对其进行解读。然而有一点是可以肯定的,那就是,半个多世纪以来,在中国共产党的领导下,中国的政治、经济、军事、外交、文化、教育、科技、社会、民生等领域,都发生了深刻的变化,中国人民站起来了,中华民族已屹立于世界民族之林。

60 年是短暂的,但这 60 年带给中国的却是极不平凡的。60 年的神州大地经历了沧桑巨变。从开国大典到 60 年国庆盛典,从经济战线上的三大战役到经济总量居世界第三位,从对农业、手工业、资本主义工商业的三大改造到社会主义市场经济体制的基本确立,从宜将剩勇追穷寇到建立了强大的国防军,从废除一切不平等条约到独立自主的和平外交政策,从"双百"方针到体制改革后的文化事业欣欣向荣,从扫除文盲到实施科教兴国战略建设新型国家,从翻身解放到实现小康社会,凡此种种,中国人民在每个领域无不留下发展的足迹,写就不朽的诗篇。

60 年的时间在历史的长河中可谓沧海一粟。其间究竟发生了些什么,怎样发生的,过程怎样,结果如何,却非人人都清楚知道的。对此,亲身经历者或可鲜活如昨,但对后来者来说却可能只是一个概念，对某段历史的记忆影像或不存在，或是模糊的。基于此，为了让年轻人，特别是青少年永远铭记共和国这段不朽的历史，我们推出了这套《共和国故事》。

《共和国故事》虽为故事，但却与戏说无关，我们不过是想借助通俗、富于感染力的文字记录这段历史。在丛书的谋篇布局上，我们尽量选取各个时代具有代表性或深具普遍意义的若干事件加以叙述，使其能反映共和国发展的全景和脉络。为了使题目的设置不至于因大而空，我们着眼于每一重大历史事件的缘起、过程、结局、时间、地点、人物等，抓住点滴和些许小事，力求通透。

历史是复杂的，事态的发展因素也是多方面的。由于叙述者的视角、文化构成不同，对事件的认知或有不足，但这不会影响我们对整个历史事件的判断和思考，至于它能否清晰地表达出我们编辑这套书的本意，那只能交给读者去评判了。

这套丛书可谓是一部书写红色记忆的读物，它对于了解共和国的历史、中国共产党的英明领导和中国人民的伟大实践都是不可或缺的。同时，这套丛书又是一套普及性读物，既针对重点阅读人群，也适宜在全民中推广。相信它必将在我国开展的全民阅读活动中发挥大的作用，成为装备中小学图书馆、农家书屋、社区书屋、机关及企事业单位职工图书室、连队图书室等的重点选择对象。

编　者

2010 年 1 月

一、 进军珠穆朗玛

● 贺龙叼着那只不离嘴的大烟斗，向登山队长史占春问道："人家不来了，我们单独登，行不行？"

● 他们在人迹罕见的珠穆朗玛峰下，竖起高大的旗杆，第一次升起五星红旗。他们搬走石堆，在峡谷里搭起一座座毛毡帐篷。

● 队员们充满自豪地说："害怕困难，我们就不当登山队员；畏惧艰险，我们就不进珠穆朗玛！"

中国勇士拉开登峰帷幕

1959 年，一个寒冷的冬天，北风凛冽地在大地上吹着，在北京的一间温暖的平房里，贺龙叼着那只不离嘴的大烟斗，向登山队长史占春问道："人家不来了，我们单独登，行不行？"

"能行！" 30 岁出头的史占春血气方刚，心里想着一定要争这口气。

那么，要争这一口气的原因又是什么呢？

原来，早在 1958 年，苏联 100 名功勋运动员联名写信给中苏双方最高领导人，要求两国联合组队，于 1959 年向珠峰发起挑战，并与当时中国主管体育的贺龙副总理和国家体委副主任黄中达成了协议。

与此同时，中国也组织了登山集训队，首先在香山开始了训练。

1958 年 8 月，中国登山队赴苏训练。9 月 7 日，中苏各 17 名队员登上了苏联列宁峰。这个山峰高为 7134 米。

1958 年底，中苏协议付诸实施，双方联合组成侦察组，对珠峰进行了侦察，侦察高度最高达 6500 米。

当时协议规定，苏方负责提供器材、装备，中方则调集大量人力，负责修通从日喀则到珠峰脚下绒布寺的 300 公里公路。

然而，1959 年 3 月 18 日夜，西藏自治区发生叛乱。中方只得向苏联提出，把登山活动推迟到 1960 年进行。

1959 年底，西藏叛乱平息后，中方主动向苏联发出邀请函，请苏联派人前来商讨 1960 年共同登山事宜。

不久，苏联派了两个人来到中国，并去兰州视察了准备事宜。但在他们称赞了中国的准备工作后，终于透露出：

> 由于两国关系的恶化，已无意再与中国合作登山了。

如果一切按照原定计划发展下去，世界登山史的书写也许将会出现另一种格局。

但是，现在苏联方面撕毁协议，而且把已经拉到兰州的器材全部撤回。这项登山活动也像当时中苏合作的许许多多其他项目一样被终止了。

于是，便有了上面贺龙与史占春对话的那一幕。并且，没过多久，他们便把报告打到了刘少奇主席那里。

刘少奇主席看到登山队有如此的决心，便批准他们组织力量，购买器材，准备攀登珠穆朗玛峰。

很快，史占春就拿到了刘少奇主席批复下来的 70 万美金。于是，他便带着翻译周正乘飞机，火速飞往瑞士采购登山相关器材。同时，全国各地支援的各种物资也在向登山队汇集。

1960年向珠峰大进军的帷幕，被这些憋足了一口气的中国勇士们拉开了！

珠穆朗玛峰因其举世无双的高度，极端险恶的地形，变幻莫测的气候，使它在过去漫长的岁月里一直与世隔绝。

在世界许多国家，人们把珠穆朗玛峰称作"第三极"，与地球的南极和北极并称。

珠穆朗玛峰是喜马拉雅山脉的主峰，海拔8848.86米。珠穆朗玛峰是地球上第一高峰，它位于东经86.9度，北纬27.9度。

珠穆朗玛峰地处中尼边界东段，北坡在中华人民共和国西藏自治区的定日县境内，南坡在尼泊尔王国境内，藏语称"珠穆朗玛"，意思是"神女第三"。

珠穆朗玛峰山体呈巨型金字塔状，威武雄壮昂首天外，地形极端险峻，环境异常复杂。

据后来科考人员测定，珠穆朗玛峰北坡雪线高度为5800米至6200米，南坡雪线高度为5500米至6100米。东北山脊、东南山脊和西山山脊中间夹着三大陡壁。这三大陡壁是北壁、东壁和西南壁。在这些山脊和峭壁之间又分布着548条大陆型冰川，总面积达1457.07平方公里，平均厚度达7260米。冰川主要是印度洋季风带的两大降水带积雪变质形成的。

珠峰不仅巍峨宏大，而且气势磅礴。在它周围20公里的范围内，群峰林立，重峦叠嶂。仅海拔7000米以上的高峰就有 40 多座。

在这些巨峰的外围，还有一些世界一流的高峰遥遥相望：东南方向有世界第三高峰干城章嘉峰，海拔为 8586 米，这座山峰是尼泊尔和锡金的界峰；西面有海拔 7952 米的格重康峰、8201 米的卓奥友峰和 8027 米的希夏邦马峰。这便形成了群峰来朝，峰头汹涌的波澜壮阔的冰雪峰峦。

其实，地球的两极早已被人们看做是神秘而危险的地带。在 19 世纪初期，南北两极的冰雪极地上就已经出现了人类探险的足迹。

而作为"第三极"的珠穆朗玛峰，直到 20 世纪 50 年代以前，世界科学技术已经进入了相当发达的时代，人类在付出了极大的代价之后，仍然只能踯躅在它风雪迷茫的坡岭之间，无法登上那世界之巅，去探索它的神秘与瑰丽。

因此，这便使珠穆朗玛峰成为地球上最后一个无法接近的充满神秘和恐怖色彩的"空白地带"。

然而，早就有人曾试图登上珠穆朗玛最高峰，只是道路艰险异常，人类要征服大自然的力量显得那么微弱。

在距今 300 多年以前，勇敢勤劳的中华民族就开始了对珠穆朗玛峰的勘测活动。

清朝康熙年间，康熙帝派出专使前往珠穆朗玛，使者们在藏族人民的协助下进入了珠穆朗玛山区。

他们采用经纬图法和梯形投影法，对它的位置和高度进行了初步的测量，第一次用"朱母郎马阿林"的名字将它载入 1717 年制作完毕的《皇舆全览图》。但限于当时的技术条件，他们的活动也仅仅到此为止。

141 年以后，由英国官员控制的印度测量局，也"发现"了珠穆朗玛峰的存在，并自鸣得意地用该局前局长的姓氏"埃非勒士"来"命名"珠穆朗玛峰。从这以后，具有较长登山探险历史的英国人，便开始把珠穆朗玛峰列为自己进攻的目标。

1921 年，一个所谓的"埃非勒士委员会"在英国宣告成立。曾经率领英国侵略军野蛮侵入西藏的英国将军弗朗西斯·扬赫斯班担任这个委员会的头目。

在这个委员会的发动和组织下，一支又一支英国登山队越过喜马拉雅山口，进入我国西藏地方境内，企图沿珠穆朗玛北坡攀登顶峰。结果，正如大英百科全书所记载的，英国登山队在 1921 年到 1938 年的 18 年中，连续攀登了 7 次，失败了 7 次。珠穆朗玛北面漫长的冰雪坡岩成了他们惨遭失败的道路。

曾在英国登山探险界赫赫有名的两名经验丰富的英国登山探险家马洛里和欧文，在 1924 年的一次攀登活动中，虽然比起他们的同行到达了更高的高度——海拔 8500 米左右的地方，但他们也从此消失在风雪中，再也没有回来。

马洛里和欧文这两名"王牌探险家"在珠穆朗玛北坡的不幸殉难，给英国登山探险界带来了极大的慌乱。

扬赫斯班以十分颓丧的心情写道：

　　大概将永远没有比欧文和马洛里更优秀的
登山家来进攻埃非勒士峰了。

　　尽管以后还有一批批不甘心失败的英国人继续进行
过多次攀登的尝试，但除了受到一次比一次严重的损失
以外，没有取得任何新的进展。

　　在吃过种种苦头以后，英国许多登山探险家终于不
得不悲哀地宣告，想从北坡攀登这座"连飞鸟也无法越
过"的山峰，在他们看来"几乎是不可能"的。他们把
珠穆朗玛峰称作"不可征服的山峰"，认为珠穆朗玛北坡
是"不可攀缘的路线""充满死亡的路线"。

　　1950年6月3日，法国运动员埃尔佐路和拉申乃尔
在人类历史上第一次踏破万年积雪，登上了世界第十高
峰，即尼泊尔境内的安纳普尔那峰。这个山峰高为
8091米。

　　之后，据外电报道，直到1953年，一个英国籍的新
西兰人在珠穆朗玛南麓山地牧人向导的帮助下，从比较
容易攀登的珠穆朗玛南坡爬上了顶峰。

　　这使得人们再一次掀起了冲击高峰的热潮，攀登高
峰的"黄金时代"到来了。

建立冲击峰顶大本营

1960年3月19日，珠穆朗玛山区风雪云集，干燥的雪粒像浓雾一样弥漫在山峦上空，阵阵刺骨的寒风旋转着、翻滚着，把沙石卷起到几十丈的空中。

在这风雪交加的时刻，中国登山队的全体队员，冒着高原的严寒和风雪，艰难地来到珠峰脚下。

在这里，即使是白昼，温度计上的水银柱也稳定在零下20摄氏度的刻度线以下。

他们在海拔5120米的一块谷地上停下来。这块谷地，是一道已经萎缩的山谷冰川脊部。

早在主力队员们进山以前，登山队派出的一支先遣工作队就冒着风雪严寒来到珠穆朗玛峰下，经过仔细的勘察，最后决定把向珠穆朗玛峰发起冲击的大本营建在这里。

中国登山队队长和副队长是中国著名的登山运动健将史占春和许竞。他们参加登山活动已经有5年的时间。他们两个人都是30多岁，一个是工人出身，一个当过职员；一个性格粗犷、豪放、果断，办事斩钉截铁，一个作风文静、精细，处理问题深思熟虑，行动严谨。不仅如此，他们还有一个共同点，那就是临危不惧，知难而进。

正因为如此，几年来，他们不止一次领导和组织中国登山队，征服了中国境内许多座著名的高峰，在中国登山史上建立了不可磨灭的功勋。

现在，他们受党和人民的重托，又率领登山健儿来到珠穆朗玛峰，要与凶恶的大自然展开一场惊心动魄的较量。

此外，参加这次登山活动的队员，来自中国各地的各行各业。他们当中有科学研究机关的科学工作者，有驻守边疆的解放军战士，有西南原始森林里的林业工人，有西藏高原农村的农民，有东北厂矿的职员，还有一些高等院校的志愿学生。

寒风呼啸着扫过雪域高原，巨大的冰崩发出震天动地的轰响，雪粒飞扬，迷雾般笼罩着天空。珠穆朗玛峰完全隐藏在白茫茫的风雪里，只露出一个黑色的斑点，更显得高不可攀。

但是，这一切都没有吓倒中国登山队员，他们的欢笑声盖住了无情的风雪。

他们在人迹罕见的珠穆朗玛峰下，竖起高大的旗杆，第一次升起五星红旗。他们搬走石堆，在峡谷里搭起一座座毛毡帐篷。他们刨开冻土，在山坡下砌起一眼眼炉灶，炉灶里生起一缕缕炊烟……

尽管这里荒凉异常，但登山队员们的生活却是多彩的，他们用自己的双手使这里充满了生气。他们在帐篷中间的空地上，支起几根木杆，缠上几条红布，搭起一座象征性的"彩门"。

"彩门"两边的木框上用红纸写着他们自编的对联：

英雄气盖山河

敢笑珠峰不高

在他们居住的帐篷的四壁，登山健儿们张贴上了各种颜色的彩纸，上面写着他们自己创作的"标语诗"：

哪怕珠峰比天高，

怎比英雄志气豪！

踏雪蹬冰飞绝壁，

定叫红旗顶峰飘。

珠穆朗玛山区的气候瞬息万变，暴风常常把登山队员的帐篷刮得东倒西歪。队员们常常从睡梦中起来与零下 20 摄氏度左右的寒风搏斗，重新整固帐篷。

在大雪纷飞的天气里，他们连炉灶也无法点燃，队员们有时连开水也很难喝上。严酷的寒潮袭来时，队员们便整天不能走出帐篷一步。

对此，他们反而充满自豪地说：

害怕困难，我们就不当登山队员；畏惧艰险，我们就不进珠穆朗玛！战胜这一切，征服大自然，就是最好的生活，最大的幸福！

于是，在大本营的帐篷上，他们写下这样的标语：

困难就是考验！

斗争就是幸福！

坚持就是胜利！

信心就是成功！

为了能够在较短的时间内征服珠穆朗玛峰，中国登山队一到达山下，便立即布起战线，着手各方面的准备工作。

无线电报务员在崎岖陡峭的山岩间架起了高大的无线网，开始与北京和有关地区进行联络。收发报机的红灯不停地闪烁，以便更好地寻求支援与帮助。密集的无线电波穿梭时空，把登山队与祖国各条战线紧密地联系在一起。

气象工作人员在珠穆朗玛峰荒芜的山坡上，首次建立了气象观测站。很快，各种精密的气象仪表把珠穆朗玛峰的天气要素记录了下来，为未来的登山活动提供了准确的气象预报。

后勤人员四处奔走，源源不断地从各地运来高质量的登山技术装备，以及营养丰富、品种繁多的高山食物和饮料，为登山活动提供了物质保证。

医生和护上更为忙碌，他们不间断地为登山队员检查身体，治疗"高山反应"，使登山队员在高海拔的恶劣环境下，仍然能保持着充沛的精力与体力。

就这样，向珠穆朗玛峰冲击的大本营便在紧张有序的繁忙工作中建立起来了，人们在这里向世界最高峰整装待发。

向世界第一高峰挺进

1960 年 3 月 25 日 12 时，连绵的风雪终于停息了。全体登山队员背着登山背包，拿着冰镐，集合在珠穆朗玛山下的广场上。

登山队员们打开音响，播放庄严的《义勇军进行曲》，他们亲手把一面五星红旗徐徐升上了灿烂的晴空。

这时，队长史占春向整装待发的队员发布命令：

现在，中国登山队开始向世界第一高峰挺进！

队员们抬眼望去，只见银色的尖锥般的峰顶在浓密的云层后面时隐时现，绵延起伏的坡岭间到处覆盖着终年不化的白雪。一道道浅蓝色的原始冰川像瀑布一样从万丈悬岩垂挂而下，闪耀着点点寒光。一条深褐色的峡谷像长蛇一样曲曲弯弯，既看不清它的起点，也找不到它的尽头……这就是世界最长的山脉喜马拉雅山脉的主峰，地球的最高点，海拔 8848.86 米的珠穆朗玛峰。

珠穆朗玛峰就像巍峨壮阔的幔帐，悬挂在中国西藏高原的边陲；更像是威严雄伟的武士，守卫着广袤无际的亚洲原野。

其实，早在 3 月 24 日，登山队队部负责人便和登山队员们一道研究了珠穆朗玛峰的有关资料，并制订出征服珠峰顶峰的总体计划。

根据中国四五年来进行高山探险的经验，攀登海拔7000 米以上的山峰，是不能够把希望寄托在一次行军上的，而是要经过几次适应性的攀登，逐步上升，以取得对高山环境的适应能力。然后，选择适当时机，集中力量突击主峰。

因此，登山队决定把夺取珠峰顶峰的战斗分为四个"战役"来进行攻克。

第一战役登山队员从大本营出发，到达海拔 6400 米的地方，然后返回大本营休息。

第二战役，人们将从大本营出发，攀登到海拔 7600米的地方，然后返回大本营休整。

第三战役再上升到海拔 8300 米，再返回大本营，为最后突击顶峰做好充分准备。

在这三次适应性攀登中，队员们一方面要在沿途不同海拔高度建起许多个高山营地，为登顶创造物质条件，同时随着高度逐步上升，队员又能达到对高山环境的充分适应。

在这个基础上进行的第四个战役，就要求主力队员们从大本营出发，直抵海拔 8500 米的地方，建立夺取主峰的突击营地，然后再从那里出发，攀登到海拔 8848.86米的顶峰。

登山队党委和队部在制订这个夺取珠穆朗玛顶峰的战斗计划后，又经过反复研究和修订，最后在登山队全体队员大会上一致表决通过，才付诸实施。

这时，登山队员们已经开始向珠穆朗玛峰进军了，他们沿着珠峰的东绒布冰川中脊和侧脊的路线前进。

东绒布冰川是珠穆朗玛山区山谷冰川中的一支，宽度500米，长度在17公里以上。由于气候极端寒冷，覆盖在山坡上的积雪，在漫长的年代中逐渐冻结和凝固，形成坚固的冰层，像江河一样沿着弯曲的山涧峡谷向山下移动，这就是冰川。

现在，登山队员们就要踏着这种冰川上覆盖着的冰积石攀登上去。

傍晚，夕阳斜挂在珠穆朗玛西边的天际，暮霭从山谷中袅袅升起，登山队员们迎着寒冷的山风，来到了珠穆朗玛山中的第一号营地，即5400米的山坡。大队停下来，决定在这里休息。

在这里，先遣工作队的队员们早已提前来到山区，冒着风雪和严寒，在珠穆朗玛北坡5400米处建立起舒适的登山营地。此外，先遣工作队的队员们还在5900米和6400米的地方分别建立起登山营地。这样，才使得登山队员们在疲劳了一天之后，有一个可以遮挡风寒与休息的场所。

只见他们一个个钻进银色的登山帐篷，生起汽油炉烹调起了晚餐，炊烟缕缕升入冰雪高空。主力队员们在这里养精蓄锐，集中力量去夺取险峻的珠穆朗玛顶峰。

在这个营地附近的山岩下，登山队员们看到了几个牛圈般的乱石垒的空地，里面散堆着已经锈烂的氧气瓶、罐头筒和几只已经腐朽发黑的皮鞋，有些东西上面还能看到模糊不清的英文商标。

这是英国探险家们留下的遗迹，其中有一个登山队员指着这堆东西自豪地说：

英国人从北坡攀登珠穆朗玛顶峰遭到了失败，而我们却要从北坡取得胜利，因为我们是用共产主义思想武装的中国人！

二、 征服冰雪世界

● 大家围上去，原来在岩石裂缝里放着一个纸条。这是侦察组留下的纸条，上面写着："危险！冰崩地区。攀右侧山坡绕行。切勿停留！速去！速去！"

● 关于北坳，一些外国探险家曾回忆道："这里坡度极大，积雪太深，深陷的冰裂缝更加可怕。"

● 登山队队部决定让陈荣昌返回大本营治疗，可陈荣昌坚定地说："不！我绝不回去！就是把鼻子冻掉，我也要继续前进！"

登山队员到达二号营地

1960 年 3 月 26 日清晨，登山队员们翻过一段险峻的山岩以后，开始进入到一个奇异的冰雪世界。

只见东绒布冰川的"冰舌"地区，有着数不清的"冰塔"，有些"冰塔"的顶端尖削而锋利，就像林立的春笋一般；有些"冰塔"巍峨而高耸，又像一座座宝塔。它们像宝石一样绚丽夺目，像水晶一样透明而洁白，连绵起伏，形成了冰雪"森林"。

"冰舌"的形成，是由于冰川从巨大的粒雪盆地移动到雪线以下，受气温和压力的影响，变成舌头般的冰带，在地貌学上称为"冰舌"。

又因为珠穆朗玛山区的冰川由于消融和补给的运动比较剧烈，所以在"冰舌"地区生长着其他地区冰川所未有的"冰塔"。

面对眼前这壮丽的景色，登山队员们忘记了疲劳，忘记了危险，欢呼着，歌唱着，在冰峰雪塔间穿来穿去，不时地用摄影机把它们摄入镜头。

但是，当队员们继续向前行进时，路途却变得越来越难走了。绝美的景色同路途的艰难是成正比的。所谓的道路，也只是冰塔之间狭窄而崎岖的缝隙，人们只能从这缝隙之间穿梭前进。

而此时，在强烈的高山阳光下，开始消融的冰塔表面冒出一些气泡。低凹的冰缝中，不断地传出冰层断裂的巨大声响；高耸冰塔的尖端或侧角倏地崩塌下来，破碎的冰雪碎块就纷纷四散，这就是登山活动中经常遇到的"冰崩"现象。队员们稍不小心，就会遇到生命的危险。

　　在一个冰川拐弯的地段，几座冰塔并立在一起，像一堵墙一样，把窄峭的山坡整个堵住了。在冰塔的上方，露出几条曲折幽暗的裂缝，似乎只有一个办法，那便是从冰缝中间钻过去。

　　但是，当人们踏上冰塔对裂缝作进一步观察后才发现，这里正在酝酿着一场巨大的冰崩。历历可见的冰崩痕迹表明，人们从冰缝中间钻过去是极为危险的。

　　前进的队伍不得不停下来，寻找更安全的路线。正在这时，队员们在冰塔下的一块岩石上发现了一个奇怪的标记。

　　大家围上去，原来在岩石裂缝里放着一个纸条。这是走在大队前面的副队长许竞带领的侦察组留下的。

　　纸条上面写着：

　　　　危险！冰崩地区。

　　　　攀右侧山坡绕行。

　　　　切勿停留！

　　　　速去！速去！

队员们抬头观看，果然在右侧一座十几米高的雪坡上，侦察小组用冰镐在冰雪上刨出了一级级台阶，修出了一条小路。

于是，登山队员们便沿着小路向前走，不一会儿，他们就到达了珠穆朗玛峰中途的第二号营地，海拔5900米的高处。

队员们便在第二号营地停下来生火做饭，开始了一天终了的休息。

经过一天的风雪历程

1960 年 3 月 27 日上午，登山队员们在经过一夜的休整后，从第二号营地出发。他们穿过东绒布冰川的冰舌地带，开始进入一片漫无边际的冰雪台地，这便是东绒布冰川巨大的粒雪盆地。

冰面坎坷而又陡滑异常，硕大而深邃的裂缝像蜘蛛网一样密布。冰层十分坚硬，登山队员们穿着特制的镶有钢钉的登山鞋，一步一蹬，仍然是滑溜溜的，不容易踩稳。大家虽然一次又一次跌倒了，但还是一遍又一遍地爬起来，继续艰险的征程。

下午，天气突然变得恶劣起来。太阳钻进了白色的云层里，凛冽的寒风撕扯着人们的衣衫，浓密的雪粒在空中翻飞。道路被风雪遮掩着，几米以外就分辨不清前进的方向。温度计上，红线降低到零下 20 度以下。

登山队员们互相用绳索联结在一起，结成"结组"，彼此相互保护。他们小心翼翼地用冰镐探索着面前的雪地，以此来防止身体坠入隐藏在冰雪下的裂缝中。不论前途如何艰险，他们依然是顶着风雪继续向上攀登。

在经过一段山坡时，登山队员们突然在路边的雪堆上发现了一团黑色的东西。大家停下来上前观看，原来在那里躺着一具尸体。

尸体上穿的英国制的绿色鸭绒衣已经破烂变色，尸体干枯而僵硬，面部已经分辨不清。看上去，应该是20多年前登山的牺牲者。

由于气候寒冷，尸体还没有完全腐坏，轮廓完整。从尸体的体形和装束来看，这是一个在登山途中遭遇不幸的英国探险者。

登山队员们向这位前仆者致以敬意后，便用冰镐挖开雪堆，在风雪中把这具外国同行的尸体掩埋起来，然后继续前进。

天色渐渐昏暗了，夜色初上之时，风雪变得越来越大、越来越紧了，登山队员们继续前行着。

在这片辽阔的冰雪台地上，人们穿起鸭绒衣，戴上鸭绒帽，脚下踩着坚硬的冰雪，兴致高昂地低声哼唱着他们自己创作的歌曲"登山队员之歌"：

我们是登山队员，
我们是高山战士，
大风雪中上冰山，
冰川上面是营地。
呵，同志们来啊，
穿云破雾攀险峰，
踏雪蹬冰飞绝壁。
唉哟哟，
雪山顶上见高低！

歌声嘹亮，在严寒和风雪的雪域上空回荡着，久久飘荡回旋。

傍晚，登山队员们安全来到了海拔 6400 米处的第三号高山营地。

他们顺利完成了第一次适应性攀登。

他们在休整一夜之后，便在第二天一早，向山下的大本营挺进。

又经过一天的风雪历程，队员们终于安全回到了山下的大本营。

向珠峰北坳大门进发

1960 年 3 月 28 日，北坳上空浓雾弥漫，阵阵旋风滚过，冰坡上翻卷起几丈高的雪柱。

在登山的大队人马从 6400 米的三号营地撤回到山下的大本营的同时，为了争取时间，尽快地为大队开辟一条通向北坳的安全路线，登山队副队长许竞带领 5 名最优秀的登山队员，一共 6 人组成了一个侦察小组，顶风冒雪先行向北坳进发。

珠穆朗玛的北峰海拔为 7538 米，是珠峰的孪生姐妹，它在珠峰北面，那里是一座顶端尖突、白雪迷蒙的山峦。在北峰与主峰之间，是绵延起伏、奇险陡峭的冰雪峭壁。而"北坳"坐落在两峰之下，看上去却像一个坳谷，所以人们就把它叫做"北坳"。

北坳顶部海拔高达 7007 米，坡度平均在五六十度，最大坡度有 70 度，个别地段甚至垂直，像一座高耸的城墙屹立在珠穆朗玛峰腰部。沿东绒布冰川地带攀登珠穆朗玛顶峰，必须通过北坳。因此，登山队员们称它是通往珠穆朗玛峰的"大门"。

在北坳陡险的坡壁上，堆积着深不可测的万年积雪，潜伏着无数的冰崩和雪崩结构，成为珠穆朗玛峰中最危险的地区。在这里，几乎每年都要发生巨大的冰崩和雪崩，千百吨冰岩和雪块一旦发生崩裂，就会像火山爆发一样喷泻而下，几十公里以外都能听到它的轰隆声，破坏力之大是难以想象的。

20多年前，试图从北坡登上珠穆朗玛顶峰的英国探险队，曾多次在北坳受到冰雪袭击，据大英百科全书的记载，仅1922年，就有7名英国队员在一次雪崩中，被埋在了冰雪底层。

关于北坳，一些外国探险家曾回忆道：

> 这里坡度极大，积雪太深，深陷的冰裂缝更加可怕。巨大的块状雪崩经常发生，对探险队有致命的威胁，是从北面攀登珠穆朗玛峰的极大难关。

根据征服珠穆朗玛峰的总体计划，中国登山队的第二次适应性行军的任务，就是要打通北坳的大门，征服海拔7000米以上的雪域地带。

小组队员们手里拿着冰镐，脚上绑着锐利的钢制冰爪，用尼龙绳联结成一条线。他们依靠自己敏锐的双眼，寻找到安全的路线，一个紧跟一个，依靠自己手里的冰镐，从冰雪中刨出一条前进的道路。

队员们爬上北坳的冰坡，要在这无边无际的白茫茫冰雪的世界里，寻找出一条既没有危险的冰裂缝，又不至于遭遇冰崩和雪崩袭击的安全行军路线。

在他们进行侦察的每一秒钟，在他们前进的每一个步伐里，都隐藏着意外的危险。稍一疏忽，他们就可能掉进一眼望不到底的冰裂缝中；脚底一滑，他们就会沿着几乎是垂直的冰壁一直滚到几十丈深的岩底；一次冰崩，就可能把他们埋葬；一阵强暴的高空旋风，也可能把他们卷得无影无踪。

但是，为了给登山队开辟一条相对安全的道路，小组队员们毫不犹豫地与险峻的大自然展开了搏斗。

穿越险峻的冰胡同

1960 年 4 月 11 日 11 时，全体登山队员从海拔 6400 米的营地出发，开始了攀登北坳这段令外国登山队谈之色变的险峻而艰难的天路。

珠穆朗玛峰上空云雾迷蒙，猛烈的西北风冲击着北峰和主峰岩壁，翻滚着，吼叫着，形成一股强力的旋风，带着暴雨一样的冰碴和雪粒，席卷着雪域高原。

登山队员们拿着冰镐，在高山靴底绑上锐利的钢制冰爪，艰难地沿着北坳冰坡缓缓前进。

随着高度的上升和坡度的险峭，登山队员们的呼吸开始变得急促起来，脚步也不由自主地逐渐慢下来。有的人每走几步，就不得不停下来休息一会儿。

队伍中有一位受人尊敬的新闻界的传奇人物，他一直激励年轻新闻工作者走进西藏——他就是新华社前社长郭超人。

当年，郭超人刚从北京大学毕业，风华正茂。在西藏的 10 年间，他历经民主改革、废除封建农奴制度、我国登山健儿胜利登上珠穆朗玛峰等重大历史事件，为后人留下了一篇篇脍炙人口的新闻名篇。

郭超人写的《世界最高峰上的日记》，可以说是新闻工作者献身事业、追求真理的壮歌。

对于攀登的感受，郭超人在《世界最高峰上的日记》中写道：

> 我背着背包，扶着冰镐，跟随着长长的一列纵队，踏过山岩，走过雪坡，一步一步地向前走去……仿佛有一只看不见的鹰爪紧捏着我的喉头，重压着我的胸口，需要用很大的力气……双腿变得愈来愈重了，严格地说是全身都变得沉重了。并不是身体的某一部分酸痛或困乏，而是整个身躯已没有足够的力量将自己近乎麻木的双腿向前移动……

由于越攀越高，空气变得非常稀薄，队员们不得不张大了嘴拼命吸气，可就是这样，他们仍然感到胸口闭塞，喘不过气来。风雪越来越密集了，队员们的脚步也更慢了。

登山活动是异常艰难的。没有向导，因为这里几乎没有人走过；也没有地图，因为还没有地理学家对它进行过测绘。

这时，走在最前面的史占春停了下来，他望了望疲惫异常的队员们，笑了笑，热情鼓励大家说：

> 坚持！坚持就是胜利！北坳绝阻挡不了我们。

在这样的时刻，几句激励的话在队员心中增加了驱动力，脚下的步子又变得有力起来。

七八个小时过去了，小组队员已经攀升到了海拔6800米。

风雪更大了，一阵阵每秒20多米的暴风带着冰雪回旋着。寒冷使侦察队员们全身麻木，稀薄的空气使他们头痛气喘，峻峭的冰壁使他们一次又一次地摔倒……但他们毫不灰心，彼此帮助，坚持向北坳顶端勇敢地挺进。

这时，一道陡直的冰裂缝拦阻在他们面前。

由于这道裂缝狭窄而深陷，坡度在70度以上，于是队员们笑称它是"冰胡同"。

只有从竖着的"冰胡同"底部攀缘上去，才能到达北坳顶端。

队员们斜靠在冰面上，进行短暂的休息之后，便立即向"冰胡同"顶端进发。

登山队员许竞、刘大义和彭淑力走在前面开路。

他们大胆使用冰雪作业和岩石作业相结合的复杂的攀登技术，背靠"冰胡同"的一边，双脚蹬在"冰胡同"的另一边，依靠全身的力量，一寸一寸地向上移动。

不到几分钟，他们就感到疲惫不堪，汗水从额角上不停地淌下。

登山队员刘连满是一位来自哈尔滨的消防员，他最先攀到被登山队员称作"冰胡同"的冰裂缝顶部。

刘连满经过一天的攀爬，已经是疲惫不堪了，他多想赶快坐下来休息一会儿。

可是，当他看到自己的同伴还停留在"冰胡同"下面时，便毅然地站起来，用冰镐保护着自己，然后抓起一根尼龙绳垂到"冰胡同"下面，用力帮助同伴们一个一个向上攀爬。

运动健将刘大义这天刚好感冒，身体比较虚弱，在攀登这个"冰胡同"时连续三次从中途跌落下去，跌得他头晕眼花，伤痛连连。

刘大义毫不气馁，以顽强的拼搏精神，继续进行第四次攀登，最终战胜艰险，爬到了"冰胡同"上面。

刘连满整整拖拉了两个多小时，汗水浸湿了他的衣衫，四肢也十分酸疼，身体几乎虚弱到极点，但他仍不休息，直到大家都上去了为止。

天快黑时，小组才到达北坳顶端，他们连续与严寒和冰雪战斗了十多个小时，忍着饥饿，忍着严寒，忍着疲惫，终于为第二次行军找到了一条安全的路线，成功地打开了珠峰的"大门"。

就这样，登山队员们安全地通过了北坳冰坡，登上了海拔7000米以上的地带。

后来，由于暴风雪所阻，大队没能再继续前进。

由于北坳本身地形的艰险，侦察小组找到的这条路线，虽然避免了冰崩和雪崩的危险，但是沿途坡度非常之大，冰裂缝也相当之多，这就给登山队员们带来了很

大困难。

由史占春队长亲自率领的侦察组则乘胜前进，一直上升到 7800 米的高度。

他们在坡度陡峭的冰面上，刨出一级级台阶，并拉起了牢靠的保护绳索，又在宽阔的冰裂缝上搭起了"桥梁"，同时还在垂直的冰墙雪壁上挂起轻便的金属挂梯，使这条艰险的北坳冰壁上，出现了一条安全而畅通的道路，以此来保证登山队员的通过。

就这样，第二次适应性行军的任务胜利完成了，登山队再一次顽强地攻克了难关，胜利返回大本营。

征服冰雪世界

向更高更险山地前进

1960 年 4 月 25 日，登山队员们第三次离开山下大本营，开始第三次适应性的攀登。

4 月 29 日，中国登山队全体队员从海拔 7007 米的北坳营地出发，踏上了珠穆朗玛峰的山脊，向更高更险的山地进发。

而就在此时，珠峰气候在瞬息间起了变化。北坳上空刚刚还是晴空万里，霎时间却刮起了暴风，一下子就变得天昏地暗，气温骤然下降到零下 37 摄氏度左右。登山队员们顶着寒风行进在一道倾斜的雪坡上。

在深厚而松软的雪地上，一脚下去，就有一尺多深。走不了几步，就会累得气喘吁吁，有时队员们不得不全身匍匐在雪地上缓慢地爬行，但如此艰险的道路，依然没有一个人掉队。

傍晚，风愈加狂暴起来，气温还在继续下降。登山队员们尽管有鸭绒帽、衣裤和坚厚保暖的高山靴全副武装，但仍然是一个个冻得全身发抖，从鼻孔中呼出来的气立刻在嘴边凝成了一圈白霜，鼻孔很快就被冰霜封盖住，吸气变得极为困难。

运动健将陈荣昌在几小时之内鼻子由刺痛变成麻木，很快就被冻伤了。但他仍然跟着大队前进，丝毫没有退缩的意思。

休息的时候，登山队队部研究了陈荣昌的冻伤情况以后，决定让他返回大本营治疗，不参加这次行军。可是，陈荣昌自己却坚决反对，他说：

不！我绝不回去！就是把鼻子冻掉，我也要继续前进！

当队长告诉他说，这是命令必须服从时，这个曾经多次在 7000 米以上的高山出生入死的倔强的青年人，却像个孩子般地在队长面前哭泣起来。

他痴痴地望着那矗立在面前的珠穆朗玛峰，又痴痴地望了望自己的战友们，万般无奈地背着背包跟着陪同他的人一起向山下走去。

可以说，高度是登山队员们征服的目标。在世界登山运动史上，登山运动员由于体质条件和高山适应能力的差别，有一些人成了征服高度的幸运者，有一些人却被高度弄得筋疲力尽，最后不得不以失败而告终。

所以，在一些国家中，流传着所谓"高度极限"的说法，认为登山运动员对于征服高度的能力是有极限的。

在 20 世纪 60 年代初期，中国登山运动男子的高度最高纪录是海拔 7590 米。是由中国的史占春、刘连满和刘大义等 6 名登山运动员在 1957 年征服四川贡嘎山时创造的。到此时为止，中国还没有人突破过这个高度。

征服冰雪世界

在海拔 7590 米的高度以上，冰雪、气候、地势会是怎样？人体机能的反应又会怎样，这一系列问题，都是中国登山队员面对的新课题，人们也只有在攀登实践中来寻找答案了。

此时，大队已经走到了乱石累累的岩坡，仍在继续前进。

但是，随着海拔高度的不断增加，空气中氧气更加稀薄，人处在这样的环境中都会变得格外虚弱，活动也变得极为困难。人们每移动一步，心脏就剧烈地蹦跳起来，呼吸时就会出现上气不接下气的情况。

在大队通过 7400 米附近的一段冰坡时，虽然冰坡的相对高度不过 20 米左右，人们竟不得不休息了 4 次才攀登上去。

大队来到了 7420 米的地方，登山队员王富洲因缺氧晕过去了。队长史占春和副队长许竞连忙从背上取下急救用的氧气筒，为王富洲输氧。

半个小时之后，王富洲才渐渐苏醒过来。当大队继续向前行军时，王富洲又顽强地背起自己的背包，紧紧地跟上了队伍。

登山队伍向前走了一会儿，一道宽阔而陡滑的雪槽拦住了他们的去路。这里的雪已变成了坚硬的厚冰，光溜溜的，队员们穿着镶有钢钉的高山靴，仍然是一步一滑，时不时跌倒。

而这时，刘连满背着 30 多公斤重的背包，却自告奋

勇地走到队伍最前面，为大队开路。他先撑着冰镐，使自己在冰面上站稳了脚跟，然后再用冰镐一下下在冰上刨出台阶。

在这样的高度，每一个动作都要使出全身力气，但刘连满却凭着坚强不屈的毅力一直坚持着，为登山队做开路先锋。

由于高山缺氧和体力的严重消耗，刘连满眼睛里不时进发着"金星"，胸口疼痛而胀塞，好几次几乎晕倒在冰雪高原，但他为了给自己身后的队友开凿出前行的道路，硬是凭着一股巨大的精神力量和责任感支撑着，一镐一镐地刨，一步一步地攀。

大队来到一座山岩下准备休息了，刘连满才松了一口气。他想可以歇一歇了。但是他还没有来得及坐下来，就失去了知觉晕了过去。当他慢慢地苏醒过来时，看到大队正在向更高的目标前进，他开朗地笑了，感到总算为大队的前进贡献了一点力量。

然而，在这段攀登历程中，有一位登山队员永远地倒在了冰雪高原，他就是北京大学的毕业生邵子庆。

经过两天艰苦的跋涉，大队终于安全到达海拔 7600 米的地方，这是中国登山史上刚刚刷新的新高度。

但此时此刻，能够继续向上攀登的队员已经所剩无几了。

勇向死亡地带攀登

1960 年 5 月 1 日傍晚，参加第三次行军的队员们，冒着劲风和严寒抵达了 7800 米的一座山壁前。他们在这里的岩坡上搭起高山帐篷，建立了临时性的高山营地。

在刚刚经过严重风化的石灰岩坡岭上，堆积着极易滚动的乱石和岩片，登山队员一脚踩下去，便立刻陷进乱石缝里拔不出来，稍一用力蹬踏，石块便向岩下滚泻，常常使身体失去平衡而摔倒，使人处于危险之中。

队部决定大队就在这里休息一夜，而另一部分队员则继续向"死亡地带"攀登，为大队人马侦察道路。

19 时，由登山队长史占春、副队长许竞、藏族队员拉八才仁和米马组成先行小组，开始向海拔 8100 米进发。

天色昏暗时，为了争取当夜赶到预定地点 8100 米的高度，为了先把营地建立起来，做好迎接后面队员的准备，他们依然艰难地前行着。

为了取得对高山环境的充分适应，登山队员们尽管因缺氧而感到窒息，走起路来头重脚轻，但是他们依然没有使用背上背着的轻便氧气筒内的氧气，仍是艰难地喘着粗气，缓缓地挪动着脚步。

这时，天已经完全黑了，四周夜色迷茫，只有远处山峦上的积雪发出微弱的白光。阵阵刺骨的寒风不时撞击着山岩，发出凄厉的呼啸。

登山队员们用冰镐试探着道路，看着天空的星斗辨别方向。沉重的脚步声在山谷的夜空中回荡，带有钢钉的高山靴踩击在石块上迸出点点火花。

曾经有一段时间，世界航空生理学把 8000 米以上高度的地方称为"死亡地带"。这是由于随着海拔高度的逐步上升，空气中的氧气也愈加稀薄。

据科学家测算，海拔高度为零的海平面上，空气中氧气分压是 150 个毫米水银柱，而到海拔 8000 米的高度时，氧气分压就下降到 46 个毫米水银柱。也就是说，空气中的含氧量减少了三分之二。

这种严重缺氧的状况，会给人的身体机能带来各种不良反应，严重的甚至能够导致死亡。

因此，在国际登山运动史上，8000 米以上的高度几乎被看做是人类登山活动的"极限"。

曾经有一位外国登山家在回忆录中说，有一次他在 8000 米以上的高度，为了拍照留念，便摘下了氧气面罩，这期间只有 15 分钟，他便几乎发生了休克现象。

因此，如果不使用人造氧气设备，即使体格非常强健、技术非常熟练的运动员，要攀登到这样的高度，并停留较长的时间，几乎是不可能的。

此时，当英勇的中国登山队员们攀登在珠穆朗玛 8000 米以上的高度时，他们用坚强的意志和大无畏的精神尝试了不用人造氧气攀登的过程。在此过程中，他们不但保证了人身的安全，而且还胜利地完成了行军任务。

深夜，他们冒着严寒来到了预定地点 8100 米的高度，并且支好了帐篷。

队员们的干粮袋已空空如也。在奋力攀登中，队员们是不可能携带大量食品的，经过几天的行军，由于特大的风雪和严寒，运送物资的队伍一直难以跟上。因此，队员们每天只能依靠几口炒面、几块糖果，维持半饥半饱的状态。

现在，他们只怕连这种半饥半饱的状态也维持不下去了。10 多个小时的疲惫攀登，体力消耗相当大，队员们的肚子已经饿得难以忍受了。

运送物资的人员最快也要到第二天中午才能赶到，如果队员们再饿上一夜，明天他们恐怕无论如何也不能再攀登了。

史占春等人坐在帐篷里愁绪满怀，也没有什么好办法。

这时，两位藏族队员拉八才仁和米马站起来，主动请求连夜返回 7600 米的营地去求助。

史占春并不想让他们忍着饥饿连夜奔波，但目前这似乎是唯一的办法了。史占春紧紧地和他们握手，怀着感激的心情目送他们向漆黑的夜幕中走去。

这两名藏族队员已经整整一天没有休息过了，此时又为了同伴和集体，再次在极度严寒的低温中艰难跋涉，途中又危险重重，这确实是一件壮举。

当他们返回到 7600 米营地时，一位藏族队员已经是精疲力竭，一头倒在帐篷里一动不动了。

运输队仍然没有赶到营地。于是，守在营地的几个队员把自己携带的炒面凑在一起，赶在 3 日黎明前，送上了先行小组扎营的 8100 米高度。

这一次的攀登，中国登山队员开创了在征服珠峰 8000 米以上地带的过程中，多次不用氧气装置行走的先河。

攀登无法逾越的台阶

1960 年 5 月 2 日，队长史占春、副队长许竞、队员王凤桐、拉八才仁和贡布等每人分吃了几口炒面，便忍着饥饿，迈着艰难的步伐，向雪域高原更高的高度攀爬而上。

队员们一路上仍是极少使用人工氧气，虽然他们心跳已经非常剧烈，身体变得无力而绵软，但他们仍坚持着，不相信"死亡地带"不可战胜。

登山队员踏过白雪皑皑的山坡，走上一条狭窄的山岭侧脊，成功地绕过了一座巨大的岩石坡。这个岩石坡被人们称为珠峰下的"第一台阶"。

再往前攀登一段道路，登山队员又走上了一层铺盖着重重叠叠黄色风化石的陡坡。这个陡坡就如同一根腰带一样围绕在珠峰下面，外国登山家们称之为"黄色的带子"。这里曾经是英国探险队大为发愁的地方。而现在，中国登山队员们又顺利地通过了。

副队长许竞、队员拉八才仁和贡布 3 人在攀登到8500 米的高度时停了下来，他们在那里建立了中国登山队在珠穆朗玛北坡上的最后一座营地，也就是"突击营地"。人们将在第四次行军时从这里出发，从而夺取珠穆朗玛顶峰。

然而，队长史占春和队员王凤桐还不满意仅仅在这个高度上观察，为了进一步确定突击主峰的路线，他们决定继续前进。

　　从这里出发不远，就是英国探险家称之为"不可超越"的第二台阶。

　　这是一座陡峭而光滑的岩壁，相对高度约 30 米，平均坡度在六七十度，人们几乎找不到任何攀登的支撑点。

　　据大英百科全书记载，英国的王牌登山家马洛里和欧文在 1924 年的攀登中，就葬身在这里。

　　二三十年前的英国探险队，曾在这里想尽了一切办法，仍然没能攀登上去。后来，他们对"第二台阶"下了一个结论说：

　　　　这是一个无法逾越的障碍，再也不必浪费时间去爬它了。

　　此时，史占春和王凤桐正匍匐在岩石上向上攀登，他们翻过巨大的岩坡，最后终于在北京时间 21 时到达了"第二台阶"顶部附近，那里的高度为海拔 8600 米。

　　这时，天色已经渐渐暗淡了下来，昏暗中什么也看不清。为了准确地找到突击顶峰的路线，他们决定在这里过一夜，第二天再进行侦察。

　　他们在"台阶"的岩壁上找到了一条积雪的裂缝，用冰镐挖成一个低矮的雪洞，两个人紧紧挤靠在一起。

征服冰雪世界

雪洞里气温在零下三四十摄氏度，外面则是夜风呼啸，他们就这样忍受着寒冷与饥饿，守候到天明。

为了保存人工氧气，以备不时之需，他们一整夜都没有舍得使用它，宁愿不断喘出沉重的粗气。可以说，在8600米的高度，人体不使用氧气过夜，这在世界登山史上也还是第一次。

5月3日清晨，珠穆朗玛万里无云，连绵起伏的峰峦沐浴在灿烂的阳光中。

史占春和王凤桐走出雪洞，当他们看到眼前的景象时，不由得惊喜异常。

"高不可攀"的珠穆朗玛的顶峰就在离他们不过200米的地方，尖锥形的顶峰清晰地出现在他们眼前。灰色的岩壁上露出一道道风化的裂纹，白雪点缀着狭窄的裂缝。

他们运用自己丰富的登山经验，很快就观察到了一条适宜的登顶路线。

5月4日，史占春又带领队员开始返回山下的大本营。这是他们在第三次适应性攀登之后，又一次胜利地"超额"完成任务。

三、 登上地球之巅

- 1960 年 5 月，北京传来贺龙的命令："要不惜任何代价，夺取最后胜利。也就是一定要攀上峰顶，而不是 8600 米的高度。"

- 王富洲在夜光中掏出一本"体育日记"本在上面写道："王富洲等 3 人征服了珠峰。1960 年 5 月 25 日 4 时 20 分。"

- 1960 年 5 月 28 日《人民日报》报道：中国登山队队员王富洲、贡布（藏族）、屈银华……在世界登山史上第一次创造了从北坡征服珠穆朗玛峰的空前成就。

举行征服珠峰誓师大会

1960 年 5 月，北京传来时任国家体委主任的贺龙的电报和电话，贺龙指出：

> 要不惜任何代价，夺取最后胜利。也就是一定要攀上峰顶，而不是 8600 米的高度。

对此，攀登珠峰的大本营里负责指挥的体委二司司长韩复东准备孤注一掷组成"突击组"。他开始找队员谈话，"矮子里边拔将军"，从运输队员里找了几个人，脚受伤了的贡布一瘸一拐地进了突击队，王富洲自然也进了突击队，每次开路的刘连满当然是不能少的，突击顶峰的"突击组"就这样组成了。

这是一个通过三次适应性行军的考验，由登山队党委精心选拔出来的，被证明是最具有战斗力的"突击组"。

担任突击组组长的是 25 岁的共产党员、地质学院毕业生王富洲。在艰苦的地质勘探生涯中，王富洲练就了一双翻山越岭的铁脚。他参加登山活动虽然不到两年的时间，但已跨进了我国优秀登山运动员的行列。

藏族队员贡布出生于西藏一个农奴家庭，从小为农奴主无偿种地、放牛、赶骡帮。他住过牛棚，睡过马圈，从小就生活在饥寒交迫之中。后来，共产党把他从农奴制度的地狱里解放出来，他参加了人民解放军，进而又参加了登山队。

伐木工人出身的共产党员屈银华，个性乐观开朗，酷爱运动。还在西南原始森林里伐木时，屈银华每逢休息便爬山打猎，经常同山羊、野兔赛跑。参加登山活动以后，他总是抢最重的背包背，找最累的事情做。而且，他膀阔腰圆，力大无比，队员们都开玩笑地喊他"三吨半"，意思是说他的力气只比载重四吨的"解放牌"大卡车小"半吨"。

其实，早在三次适应性攀登完成后，参加过这三次攀登的主力队员大都垮了下来，几乎是病的病，伤的伤，人员所剩无几。

到达过 8600 米高度的只有队长史占春和队员王凤桐。在他们完成第三次适应性攀登后，一个到日喀则去疗养，一个则去了拉萨，队干部也只有副队长许竞一个人没有走。

这时，处在海拔 5120 米的大本营里一直处于亢奋状态的人们，开始出现沮丧、绝望的情绪。人们此刻仿佛才感觉到，被藏族人民称为"第三圣母"的珠穆朗玛峰，在晴朗日子里看上去就如同披着轻柔白纱的美丽少女，但是它的艰险却众人皆知。

对于队员们来说，虽说珠穆朗玛顶峰近在眼前，虽说已经到达的高度与珠峰只差绝对高度 200 米左右，但胜利似乎却依然是那么遥远，而中国登山队却已经付出了相当惨重的代价。

于是，有人提出，只要上到 8600 米的高度，就是胜利，就可以鸣金收兵了。

就在这样的情绪中，时间已进入 5 月中旬。珠穆朗玛峰银色的山峦间开始升起浓密的白色云雾，绒布河上的冰层破碎了，奔腾而下的激流撞击着岩石发出响亮的声音；矫健的喜马拉雅飞鹰飞旋在珠穆朗玛山区的上空；珠峰上的冻土松软了，山坡上枯黄的野草丛中又吐出淡绿色的嫩苗……

天气正在渐渐转暖。有经验的人都知道，不久，印度洋上的季风就要吹过珠穆朗玛山区。接着，连绵的雨季就要开始了。

如果再迟疑，中国人对珠穆朗玛峰的征服大概就要往后推移了。

就在这时，贺龙从北京传来攀登最高峰的命令，人们不由得精神一振。

在新的部署选拔停当后，珠穆朗玛峰下登山大本营的气象工作人员，变得比任何时期都更加繁忙。

红色的探空气球不断地升上高空；矗立在山坡上岩石旁的各种气象仪表，不停地运转。

人们怀着焦急的心情，等待珠穆朗玛山区在雨季到来之前最后一个好的天气"周期"，以便开始征服珠穆朗玛峰的最后一次战斗，夺取珠穆朗玛顶峰。

从 5 月 14 日开始，一批批运输队员就陆续从大本营出发，先把大量高山技术装备和食品提前运送到海拔 7600 米的高度，并在那里等待对突击顶峰的主力队员们进行支援。

这几天来，在大本营帐篷外面，突然增加了许多标语，登山队员们又重新鼓起了征服珠穆朗玛峰的雄心壮志。其标语内容为：

> 行军不落后，
> 受伤不叫苦。
> 只要心在跳，
> 决不往回走。

不久，攀登珠峰的好天气周期终于来到了。

5 月 17 日清晨，绒布河谷上空云雾弥漫，勇敢的登山队员们一个个精神饱满，而且显得格外庄严和凝重。他们已饱尝了珠峰的凶险，深知自己肩负着神圣的使命。他们对前途不再盲目地乐观，而是抖擞精神，整理好装束，准备出发。

北京时间 9 时，登山队员们在海拔 5120 米的登山队大本营广场上，举行了隆重的誓师大会。

登山队把一面五星红旗和一座毛主席半身石膏像委托给突击顶峰的队员们，让他们一定要把祖国的五星红旗插在世界第一峰——珠穆朗玛峰上。

登山队员们在珠峰之下，排着整齐的队伍，在副队长许竞率领下，一个个都激动地举起右手，向庄严的国旗宣誓。

他们宣誓道：

> 敬爱的党，敬爱的毛主席，我们向您宣誓，不怕一切艰难困苦，在第四次行军中坚决征服珠穆朗玛峰。
>
> 敬爱的党，敬爱的毛主席，我们在您的教导下，有了智慧，有了力量，为党的事业树立了坚定不移的政治方向和雄心壮志，任何困难都阻挡不住我们胜利前进。一只脚伤了，还有另一只脚；一只手折了，还有另一只手。只要我们的心脏还在跳动，坚决为党的事业贡献出自己的力量，为攻克珠穆朗玛而奋斗到底。
>
> 敬爱的党，敬爱的毛主席，我们的毅力势不可挡，我们的团结力大无穷，我们全体队员向您保证，不拿下顶峰誓不收兵。

在震天响的锣鼓声与人们的欢呼声中，登山队员们告别了大本营的战友，向云雾重重的冰雪世界挺进。

登山队向顶峰最后冲击

1960年5月24日清晨，阳光灿烂，珠穆朗玛峰尖锥形的顶峰耸立在蓝天之际，朵朵白云在云岭间飘绕不散。北京时间9时30分，突击顶峰的队员由副队长许竞率领出发了。

其实，早在5月18日，登山队员们仅用一天就赶到了海拔6400米的三号营地。5月19日，他们就登上了北坳冰坡，到达了海拔7007米的四号营地。

经过几天艰苦的行军，5月23日上午，许竞带着13名登山队员赶到了海拔8500米的地方，并在这里把第三次行军时建立在岩坡上的突击营地，改建在极其难得的一块倾斜度约30度的雪坡上。

这一天的晚上，运输队员屈银华送氧气到突击营地。并且，他还背来了摄影机，准备天亮后在这里拍摄登山的片子。

北京时间22时整，队员们看到了从海拔6400米营地上发出的气象预报信号弹："24日为好天气。"这个讯息，使队员们进一步增强了夺取顶峰的信心与勇气。

这一夜，在突击营地的几个人所携带的全部给养只剩下一点人参，一小盒水果糖，还有贡布没舍得吃的一小块风干的生羊肉。

突击顶峰的队员即将从这里出发，攻下耸立云霄的

登上地球之巅

珠穆朗玛最高峰。

5月24日，北京时间9时30分，年轻的登山队员王富洲、刘连满、屈银华和藏族队员贡布一行4人，背着高山背包，扶着冰镐，开始向珠穆朗玛顶峰最后的380米高度冲击。其他队员则撤回到8100米的营地，养精蓄锐，以便在需要的时候为突击顶峰的队员提供各种支援。

在前几次攀登中担任了探路任务的许竞，此时体力消耗很大，他只走了约10米，就感到支持不住了。这时，王富洲、刘连满、屈银华和贡布便勇敢地担起重任，扶着冰镐，一步一挪地向珠峰最后380多米的高度挺进。

为了尽量减轻负担，除了氧气筒外，他们只携带了一面国旗和一个20厘米高的毛主席半身石膏像，另外还有电影摄像机、准备写纪念纸条用的铅笔和日记本。

但即使这样，前进的速度依然缓慢异常。因为从5月17日上山以来，他们一路攀登，几乎没有喘息的时间，体力消耗得所剩无几。

大约两个钟头，他们才攀登了70米，来到了那座像城墙一样的屹立在顶峰道路上的"第二台阶"。在第三次适应性攀登时，队长史占春和队员王凤桐曾到达过这里。但他们只在这儿观察了山势和攀登路线，并没有继续其征程。

当王富洲他们来到这里时，也在这堵冰墙下踌躇了片刻。他们太疲惫了，曾试图绕过"第二台阶"，沿东北山脊登顶，但那边却愈加陡峭难行，于是他们只好沿着与"台阶"平行的方向盘旋前进，最后在"台阶"的中层地带找到了一道纵向岩石裂缝。

王富洲、刘连满、屈银华和贡布商量了一下，决定沿这条裂缝突破"第二台阶"。在接近顶部最后约3米的地方，岩壁变得光滑垂直。刘连满用双手伸进岩缝，脚尖蹬着岩面，使出全身力气一寸一寸地往上挪，但身体稍一倾斜，便又滑落到原来的地方。他一连攀登了4次，但4次都以失败告终，弄得浑身是伤，几乎爬不起来。

几个人停下来商量。最后，还是来自哈尔滨消防队的刘连满想出了主意，他决定自己当"人梯"，蹲在岩缝下，让队友踏着他的双肩攀登上去。

在这样的高度上，做任何一个动作，都会给身体带来强烈的反应。刘连满只觉得眼冒金星，两腿颤抖，呼吸也变得沉重起来。但他咬牙坚持着，用身体驮起屈银华往上攀。屈银华为了攀上去，毅然脱下4公斤重的高山靴，这一下把他的脚跟和脚趾都冻伤了。最后，他终于在岩缝里奋力打进了一根钢锥。刘连满先把屈银华托了上去，然后又托贡布上去，最后屈银华和贡布在上面再把王富洲和刘连满拉上去。

登上"第二台阶"岩顶，队员们才发觉，从开始攀登"台阶"算起，时间已经过去了5个小时，而征服最后的3米，竟用了3个多小时。

通向顶峰的"第二台阶"虽然克服了，但他们离顶峰还有280多米的高度要走。这时，太阳已经快要落山了，寒风从山岭间刮过，发出阵阵啸声。

他们原以为在天黑以前可以登上顶峰，但现在看来是没有可能了。黑夜，成了他们此时登顶的又一道难关。

几人背上的氧气现在也所剩无几，而体力也越来越虚弱了。在这种状况下连夜攀登，无疑具有很大的危险性。刘连满身体极虚弱，每走一两步，就会不自觉地摔倒，但他仍然挣扎着向前移动。

这时，队员们到达了海拔 8700 米的高度，胜利近在眼前。但氧气也用得差不多了，他们的行动也更加艰难。于是，大家决定让刘连满留下，其他 3 个人则以最快的速度攀登珠穆朗玛最高峰。

当队友继续向顶峰前进以后，刘连满靠在一块避风的大石头旁边，基本上处在一种半昏迷状态。他下意识地拿起自己的氧气筒，看到里面还有几十公斤氧气，便套上面罩吸了几口，一股暖流顿时涌遍了全身，他的头脑也变得清醒了一些。

此时，他想起了正在攀登顶峰的 3 位战友，于是他决定，哪怕自己忍受严重缺氧的煎熬，这最后一点氧气要留给战友们回来时使用。于是，他便毅然关闭了氧气阀。然后在日记本上写下了一封短信，他在信中写道：

　　氧气筒里还有点氧，给你们 3 人回来时用吧。也许会管用。

然后，他便静静地睡去了，也不管死神是否会降临。

五星红旗飘扬在最高峰

1960 年 5 月 24 日夜里，在苍茫的夜色中，远处山下一片漆黑，只有点点星光在王富洲、屈银华和贡布 3 人头上闪耀。为了避免发生意外，他们都匍匐在雪上，靠模糊的雪光反射，仔细辨认攀登的道路。

珠穆朗玛顶峰的黑影在他们面前显得格外低矮，静静地屹立在那里，仿佛伸手即可触到。

就在距峰顶还剩 50 米左右的地方，王富洲、屈银华和贡布 3 人的氧气全部用完了。

在这种情况下，是上，还是退？几位早已把生死置之度外的勇士没有丝毫的犹豫，迈开步伐继续前进了。

他们抛掉了背上的空氧气筒，以大无畏的精神，开始了人类有史以来最艰险的攀登。

每前进一寸，他们都要大口大口地喘粗气，攀上一米高的岩石，也要花费 30 多分钟。

他们就是这样凭着坚强的意志和信念忍受着一切常人难以想象的痛苦，一寸一寸地与死亡搏斗，迈向胜利的巅峰。

在爬过又一块积雪的岩石坡之后。王富洲、屈银华和贡布终于登上了一个岩石和积雪交界的地方。

这时，走在最前面的贡布突然叫了一声：

再走就是下坡了！

他们终于站在了珠穆朗玛峰的顶端，完成了人类历史上从北路攀上珠穆朗玛最高峰的创举，而这一创举实现得这样突然，在经历了几度的出生入死之后，竟是这样默默地、悄无声息地来临了。

珠峰南面是一片皑皑积雪，北面是灰色的岩石，在积雪和灰岩交界的一块椭圆形地带，即是高不可攀的珠穆朗玛顶峰。此刻，他们正站在这里举目四望，朦胧夜色中，珠穆朗玛峰一座座群峰的暗影，都匍匐在他们的脚下。

这时，夜光表的指针正指着北京时间 4 时 20 分，而这已经是 5 月 25 日黎明前的时候了。

经过近 19 个小时的拼搏，英勇的登山英雄王富洲、屈银华和贡布虽已极度疲劳，但胜利的喜悦却使他们变得那样兴奋与激动。

贡布从背包里拿出那面登山队委托他们带上来的五星红旗和毛主席石膏像，放在顶峰西北边一块大岩石上，然后用细石把其保护起来。

王富洲则在夜光中掏出一本"体育日记"本，用黑色自动铅笔在上面写道：

王富洲等 3 人征服了珠峰。1960 年 5 月 25

日 4 时 20 分。

因为夜色太黑，看不清笔在纸上写的字迹，再加上他的双手又被冻僵，王富洲足足花了 3 分钟才歪歪斜斜地写完了这段话。

贡布走过来，帮他把这张纸条撕下来，放在一只白羊毛织的手套里，也埋进了垒成的细石堆里。

为了纪念登上珠峰，他们拣了 9 块岩石标本，准备带回北京送给毛主席。

因为天色黑暗，尽管他们 3 人携带了一部摄像机，但是却没能拍下顶峰的情景。只是他们在下山过程中，才在海拔 8700 米的地方拍摄了一些镜头。

北京时间 4 时 35 分，他们便开始下山了。他们在山顶大约停留了 15 分钟。

这一天，珠穆朗玛峰北路"不可征服"的神话，被彻底打破了。年轻的中国登山队员用了短短两个月时间，踏过千年冰雪，翻过万丈悬崖，在被英国探险家们称为"死亡的路线"上，踩出了一条通向珠穆朗玛顶峰的胜利道路，用自己的双手把鲜艳的五星红旗插上了地球之巅，完成了人类历史上从珠穆朗玛峰北麓攀上顶峰的壮举。

《人民日报》刊登喜讯

1960 年 5 月 28 日的《人民日报》，头版头条刊登了一条重要的新闻：

新华社珠穆朗玛 27 日电：新华社记者从珠穆朗玛峰下海拔 5120 米的中国登山队大本营报道：

27 日北京时间零时 30 分，记者从登山队大本营的无线电收发报机里，收到了从珠穆朗玛峰北坡海拔 6400 米的营地传来的喜讯：

中国登山队队员王富洲、贡布（藏族）、屈银华在 25 日黎明北京时间 4 点 20 分安全登上了海拔 8882 米的珠穆朗玛峰顶峰，在世界登山史上第一次创造了从北坡征服珠穆朗玛峰的空前成就。26 日，登山队都已经安全返抵 7007 米的营地，27 日他们可回到 6400 米高处的营地。

后来经过专家测定，珠穆朗玛最高峰为 8848.86 米，而此处所说的 8882 米则是当时的说法。

5 月 30 日，英雄们经过艰难跋涉，终于回到了大本营，他们是被人们抬回来的。

中国勇士对珠穆朗玛峰的征服终于胜利结束了，然而值得一提的是，中国人在珠峰北坡写上了胜利纪录的同时，珠峰南坡一支由印军少校吉·辛格率领的印度登山队在尼泊尔境内上到了 8625 米，由于风大而宣布失败。

自从新中国成立后，《人民日报》发过两次号外，一次是原子弹爆炸成功，而另一次就是这次登顶珠峰。

此时，登山英雄没有看到这些盛大的庆祝场面。他们静静地躺在医院里。

王富洲上山前体重是 80 公斤，屈银华是 77 公斤；下山后，王富洲的体重是 50.5 公斤，屈银华的是 51 公斤。

当时，由于他们在海拔 8848 米的高度不使用人工氧气，这虽然在世界登山史上是一次史无前例的创举。但是，这却使得他们的身体健康遭到了极大的损害。

由于极度缺氧，他们有可能回不到山下。而对于这一问题的解决，还要感谢留在海拔 8700 米处的刘连满。

当时，刘连满从昏昏沉沉中醒来，发现在通向顶峰的雪坡上留下了脚印，他便知道王富洲等 3 人已经向顶峰攀登而去。这时，不知哪来的一股劲竟使他又站起身来，准备好在此接应自己的战友。

当他看到 3 个队员安全地回来时，马上就让他们用上了自己留下的几十公斤人造氧气。

当王富洲看到刘连满用生命换下的氧气，感动得流下了泪水。可以说，这半筒氧气，救了 3 位战友的生命。

由于电台已经摔坏，他们 4 人只得在突击营地休息了一夜，第二天让刘连满和贡布先下山去报信，而当时身体已经虚弱到极点的王富洲和屈银华则是慢慢往下挪。

王富洲和屈银华在下山的过程中，则经历了8500米时的迷路，8300米夜色下的滚坠。要不是一块大石头挂住了绳子，登山队里只怕又多了两位烈士。

在7500米的地方，屈银华踩上了雪檐，再往前走一点，那就是无底深涧。不过，所幸他们及时发现了。

当时，屈银华掏出手枪想打枪联络一下接应的人，结果枪栓没拉开，因为手指在一瞬间冻在了枪上！

几经磨难，他们总算回到了山下。

后来，贺龙副总理去北京友谊医院看望他们时，先问了他们的身体情况，然后摸着黑胡子，意味深长地向他们问道："以后，还敢不敢登山啊？"

队员们一致表示，只要祖国需要，他们依然会再次攀登到珠峰最高处的。

4年后，他们的名字再次写进了最后一座8000米以上的高峰，即希夏邦马峰的登顶名单中。

四、英雄再创辉煌

● 一些老队员说："消耗我们的体力，保存新手的体力，让他们突击顶峰！"

● 1975 年 4 月下旬，登山队党委决定：利用 4 月底至 5 月初珠峰地区可能出现的好天气周期进行第四次行军，突击顶峰。

● 登山队员说："我们 9 个同志，已经胜利地登上了世界最高峰——珠穆朗玛峰！请大本营向毛主席、党中央和全国人民报告喜讯！"

打通珠峰的大门北坳

1975 年 3 月 12 日，中国登山队党委对如何打通北坳作了专门研究。对此，一些老队员说：

我们年龄大了些，登上顶峰有困难，登顶要靠新手。但是海拔 7000 米到 8000 米的路线我们熟悉，把我们的力量用到最高限度的地方吧。消耗我们的体力，保存新手的体力，让他们突击顶峰！

其实，还在拉萨的时候，他们就多次找党委请战，要求把打通北坳的任务交给他们，并愿带领青年队员们一起战斗。

因而，中国登山队党委安排了老、中、青三结合的 20 人的侦察、修路队和 10 人的预备队来打通北坳。

这里所说的"老"，是指这支队伍中的五六位年龄 40 岁左右，并有近 20 年登山历史的老教练，他们有着比较丰富的登山经验。

党委根据这一情况，把修路队分成若干组，组长全由青年队员或新手担任。每一组里都有一名老教练。这样既便于新手发挥作用，在实际行动中增长才能，又便于向老教练学习。

北坳是珠峰和北峰之间的一道马鞍般的坳谷，路线虽不长，但攀登难度较大。这里堆积着深不可测的万年冰雪，潜伏着无数冰崩和雪崩结构，成为珠穆朗玛峰中最危险的冰崩和雪崩地区。这里的最大坡度有70度，个别地段甚至成垂直的形状，就像一座高耸的城墙屹立在珠穆朗玛峰的腰部，成为沿东绒布冰川地带攀登珠穆朗玛峰的必经之地，被誉为珠穆朗玛的"大门"。外国登山队员称其为"连飞鸟也难以越过的天险"。然而，北坳的路打不通，攀登珠峰便无从谈起。

3月15日，修路队全体队员开会，传达了队党委关于这次修路的指导思想：

战略上藐视困难，战术上重视困难。

对此，队员们纷纷表示：

打通北坳，虽有不少困难和危险，但我们决不会被吓倒，我们有信心战胜它，争取在最短的时间内把北坳打通。

新老队员热烈、认真地讨论了党委指示的精神，在精神上和物质上做好了战胜天险北坳的准备。

3月18日，修路队伍出发。从大本营到海拔6500米

英雄再创辉煌

的几天行军过程中，在新老队员之间、汉藏队员之间，充溢着团结互助的精神。

其中，老教练的模范行为，尤其给年轻队员以深刻的影响。

藏族青年队员多吉，原是拉萨面粉厂的工人，从小给布达拉宫背水，是一位翻身的奴隶。在他的结组里，有一位身体很瘦的教练，叫彭淑力，45 岁，是重庆第二十五中学的职员。

彭淑力曾多次参加祖国的登山活动。1960 年中国登山队第一次登珠峰，彭淑力和其他队员一起，曾担负过侦察、修通北坳的任务。

这次，彭淑力听说我国登山队将再次攀登珠峰，他便主动申请参加。接到通知，他立即赶来报到。多吉和其他青年队员见彭教练年纪大，身体瘦弱，在行军过程中，便想方设法减轻彭教练背上的负担，但每次都遭到彭教练的拒绝。

对此，彭淑力说："你们别瞧不起我这把老骨头架子，路是走出来的。"他又说："我们都是为了祖国的登山事业而来的，我当教练的不能叫你们背东西，自己空着手上去。"

彭淑力在行军过程中，不仅坚持自己背背包，而且每到一个宿营地他就忙着给大家烧水、做饭。烧好水，做好饭，他总是优先照顾那些身体不舒服的同志和担负运输工作的藏族民工同志，然后才是自己的结组。

当时，从绒布寺登山大本营到珠穆朗玛峰顶峰，第一道难关就是横挡在征途上的北坳。

从大本营到北坳底部，要升高1600米，有20多公里路程。

3月20日中午，侦察修路队在北坳脚下6600米高的茫茫冰雪上扎了营。紧接着大家顾不上休息，就顶着七八级的大风，察看陡峭的北坳。

他们发现，和1960年相比，北坳又发生了很大的变化，大自然用冰雪把北坳塑造成了另外一番景象：

只见一道晶蓝的冰雪陡坡，在6800米附近堆积着刚刚崩落下来的巨大冰块，6900米一带耸立着一道直达北坳顶部的冰墙，以及纵横交错的冰裂缝。

北坳变得比15年前更加难以攀登了。

3月21日清晨，珠峰地区碧空万里。高高的北坳，犹如玉璧银墙。队员们穿好高山靴，绑上冰爪，背起修路器材，拿着冰镐，在零下20多摄氏度的严寒里打响了在北坳修路的战斗。

他们一镐一步地向上攀登，在冰坡上开凿出一级级的台阶。但是，大家发现这个冰坡太陡，不利于大队行军。于是，他们便毅然放弃已经开凿出来的道路，向南走了100多米，在一片稍为平坦的雪坡上选择了一个新的地点。

由于高山缺氧，修路队员们的呼吸十分急促，甚至挥镐在冰坡上刨几下，就要拄着冰镐喘息一会儿。

他们分成了几个结组，这是因为，运动员在行军过程中编成结组，一个结组一般为4个人，用结组绳串联在一起，这样可以保障安全。

从海拔6600米开始，由第二、三结组轮番在前面开路、施工，第一结组在后边接应。

他们轮番修路，有的刨台阶，有的把冰镐打入冰雪层中，有的用冰镐固定攀缘绳。

彭教练领着预备队员们跟在三个结组的后边，背着金属梯、绳子、冰镐、路标、帐篷等物资装备，随时供应修路结组的需要。

工作一开始，第二结组组长多吉就代表青年队员和新队员对教练们说："这一次你们带我们修路，使我们学得多一些，快一些。后边还有更困难更艰巨的任务，我们随时准备独立作战，把路一直修到顶峰上去！"

王洪宝和藏族罗朗两位教练轮番在前面开路，攀上陡滑的冰坡，探明冰裂缝，勇敢地跨过冰裂缝；而多吉、贡嘎巴桑等年轻的结组长则一边保护着教练，一边留心观察、学习教练的动作。

当他们经过多次艰苦的努力在陡峭的冰雪坡上固定好冰镐，然后再系上绳索，开出了一条可以攀登的道路之后，又再接再厉继续前进，排除登顶道路上的各种障碍。

下午1时，风越刮越大，暴风卷着雪粒，打得人睁不开眼。前进的道路上又横着一堵七八米高的冰陡坡，周围的冰体歪歪斜斜，如果向上攀登，很有可能会遇到冰崩的危险。

于是，教练和队员们马上开会研究，决定在困难的情况下多耗费一些体力，多走一点路，绕过这个冰陡坡，从它的右边向上攀登。

几个小时以后，一条"之"字形的路延伸到了北坳腰间6800米的高处。然而，在这里却出现了一个大的冰裂缝。

"注意保护！有人掉进冰裂缝了！"

修路队员们刚刚坐下来休息，一个队员就大声喊叫起来。

原来，队伍正在一条被积雪覆盖的暗冰裂缝上。掉进冰裂缝里的是一个名叫巴桑次仁的藏族队员。

而这位登山员虽然身处险境，却毫不惊慌，用背和双腿紧紧抵住冰裂缝的两壁，牢牢地拉着结组绳。

这时，赶来营救的队员们，紧紧地拉着系着队友生命的结组绳，使劲往上拖。巴桑次仁同志得救了。大家望着深不见底的冰裂缝，都为战友的脱险而欢欣。

侦察修路队在暗裂缝上架好金属梯，插上路标，继续向上攀登。

当大家把路修到6900米高度时，太阳已经偏西，气温骤然降到了零下30多摄氏度，寒风中的雪粒打在脸上像针扎一样地痛，皮肤一碰到铁器，就有被粘住的危险。

为了恢复体力，队员们在一个冰坡上刨出一块平面，架起高山帐篷，在晶莹玉洁的"冰床"上安了家。

第二天早晨，呼啸的大风唤醒了侦察修路队的队员。大家一出帐篷，就奔向横挡在面前的冰墙。队员们花了40分钟的时间，才在这只有50多米高的冰雪陡坡上开凿出了100多级仅有两脚宽的台阶。

越过冰墙，北坳顶部已经胜利在望了。

当队员们正继续前进时，突然又被一条3米宽的冰裂缝挡住了去路。

罗朗教练发现这一道大冰沟深不可测，直通北峰山下，底下的冰块泛出幽暗的绿色。对于这一断层，如果过不去，通向北坳的路便中断了。

教练们来到断层旁边思考着，教练组长王振华领着大家沿着冰沟往后走了20多米，看看有没有容易越过的地方，结果意外地发现一段四五米厚的雪桥。

于是，大家将两节金属梯连在一起，往这座"雪桥"上一架，再用冰镐和尼龙绳固定好，前进道路上的障碍就这样被清除了。

11时40分，修路队的三四个结组，陆续胜利地到达了北坳顶端。他们只用了一天半的时间，便将从海拔6500米通向北坳的路全部胜利打通。

他们终于登上了北坳，完成了侦察、修路任务。至此，天堑北坳变成了通途。

当他们返回的时候，正好遇见参加第一次适应性行军的队员。一个又一个的结组，正沿着他们开辟的路线，

奋勇攀登。

　　队员们热情地向修路队的同志问好，感谢他们打通了北坳的道路。

　　这之后，一只由解放军战士和藏族民工组成的支前队，源源不断地将各种登山物资运往北坳，为攀登顶峰做好物质上的准备。

登山队在风雪中练兵

1975 年 4 月 8 日晚上，参加第二次适应性行军的第一梯队攀登上了北坳。这时，刮起了 10 级以上的大风，暴风从珠峰西北方向的洛拉山口滚滚而来，在北坳上空盘旋呼啸，发出巨大的轰鸣声。

珠穆朗玛峰地区气候多变。后半夜 1 时多，16 顶高山帐篷，大部分被夹着雪粒的狂风刮倒了。

女队员的 3 顶帐篷倾倒得更是厉害，她们艰难地钻出帐篷，奋力地给帐篷加固。

这时，登山队副政委嘎久、分队长仁青平措立即从帐篷里跑了出来，教练王洪宝和好些男队员也都赶来了。大家一齐动手，冒着零下 30 摄氏度的严寒，尽全身力，把帐篷重新固定好。

第二天早晨，分队长仁青平措挨个到各帐篷看望队员们，并征求他们的意见，以便能够更好地完成任务。

他第一个看望的是藏族队员米玛加布。米玛加布在 6500 米的地方摔坏了墨镜，得了雪盲症，眼睛像针刺般地疼痛。

此时，米玛加布正静静地躺在帐篷里，他一听是队长来了，便翻身坐起，对队长说："队长，咱们可不能下撤，要坚持，准备天气变好就往上突，完成党交给的任务。队长，我能坚持，我要随大队往上。"

仁青平措感动地说："你好好休息，你的意见我记住啦。"

仁青平措又到别的帐篷里，只见队员们有的在专心读书，有的点燃了煤气炉在做早饭，有的在清扫鸭绒被上厚厚的一层雪粒。

队员们见队长来了，便你一言我一语，要求队长代表分队向前线指挥部请战。他们谁也没有把恶劣的天气放在眼里。

一位年轻队员说："北坳风雪再大，没有我们的决心大。我们要坚持在北坳，以便能及时抓住好天气，再向7600米进军。"

上午，报话机传来前线指挥部领导同志铿锵有力的声音：

> 党委、指挥部支持同志们坚持在北坳的决心，并向大家表示亲切慰问。这是一次难得的练兵机会。同风雪、低温搏斗，可以锻炼革命意志。

队员们听到领导同志的指示，一致表示：

> 坚决完成任务！

分队长仁青平措，是西藏山南隆子县人，出身奴隶家庭，参军后在部队当排长。他是个闲不住的人，队友们都亲切地称他为"小愚公"。在这样恶劣的天气下，他对队员们更加关心。

第三天天气还没有好转，有些病号要向山下转移，同时食品也有些不足了。按照原来的行军计划，他们只带了3天的食品。

现在，还剩下最后一只冻鸡，仁青平措便挨个送进每个帐篷，每进一个帐篷，就撕下一片鸡肉。

鸡肉数量虽少，但队员们都被他这种热情关心同志的精神深深感动。

17时，从北坳下面6500米营地上来了5个人，原来是前线指挥部派出第二分队的队友和洛桑坚赞副分队长等人。他们冒着大风、严寒，给大家送食物来了。

这时，所有的同志都从帐篷里钻出来，热烈地欢迎自己的战友。

第四天，前线指挥部和第二梯队又派出登山队副队长米玛扎西等6位同志再次送来食品。政委王富洲还托他们带来了一袋水果糖、4个苹果。

第一梯队的队员们，被组织和同志们的关怀，感动得流出了热泪。

有的同志说："党和我们心连心，再苦再冷心里暖。"

4个苹果分到几个结组，大家你推我让，还是决定送给两位患感冒坚持不下撤的女队员。

两名女队员又将苹果送给因病将要下撤的副分队长洛桑。

洛桑坚决不要，说："我要下撤了，苹果留给山上有任务的同志。"

苹果虽小，但在困难的环境里，它体现了队友之间深厚的情谊与友爱。

当洛桑坚赞副分队长等护送几名病号下撤，女队教练尚子平来到女队帐篷问她们能否坚持得了时，女队团支部书记、藏北土门煤矿工人昌措说："我们能坚持，我们坚决要求继续往上上。"

女队队长、拉萨军医院护理员桂桑说："就是男同志往下撤，我们也不撤。我们女同志要用实际行动顶起'半边天'。"

其他队员也都纷纷表示了同样的决心。

1975 年 4 月 12 日早晨，前线指挥部下达命令：

> 根据气象预报，最近的天气形势，两三天内不会好转。我们要保存体力，为了最后征服困难，第一、第二梯队全部下撤，返回大本营。

前线指挥部祝贺在 7000 米以上、在风雪严寒的条件下坚持 4 昼夜的队员们，祝贺他们以顽强的意志战胜困难，取得了在恶劣气候环境下的高山适应性。

运输队为再登主峰做准备

1975 年 4 月中旬，第三次适应性行军开始。从 7007 米到 7450 米这一地段，是一个鼻梁形的大冰坡，平均坡度 40 到 50 度，最陡处约 70 度。

它的右边是直上直下的岩石峭壁，底下是东绒布冰川的粒雪盆地，高差千余米。它的左边悬垂着许多冰舌和雪檐，下边是东绒布冰川顶部的冰瀑区，高差近千米。

可以说，这段大冰坡是从北坡攀登珠峰的第二道难关。走在这座冰坡上必须十分小心，稍一滑溜，就有跌入万丈深渊的危险。

这里还是个著名的风口，经常是大风卷着雪粒，形成一片浓重的迷雾。

5 月以前是珠穆朗玛的风季，这里经常刮着 10 级以上的高空风，这种风如果吹过没有保护的脸部或身体的其他部分，几秒钟内就能造成严重冻伤。

这里的路也极难走，冰雪和岩石交错，必须穿上冰爪，走在冰雪坡上才不致滑坠。但穿冰爪在岩石坡上走，则经常引起石块滚动，既费劲又不易站稳脚跟。

这次，登山队党委安排了洛桑德庆和王洪宝两位教练率领由部分运动员、解放军战士组成的运输队，承担把物资装备运到 8000 米以上营地去的任务。

要达到登上顶峰的目的，登山队必须建立一些高山营地，把大量的物资装备，诸如高山帐篷、食品、氧气，还有科考设备、摄影器材等，逐个地运到每个营地，保证运动员有良好的生活、工作条件，保持强壮的体力。

早在3月初，西藏定日县曲宗乡的翻身农奴就派出了牦牛队，支援登山队搞运输。本来牦牛队的任务是从5000米的大本营运物资到5500米、6000米的两个营地。至于6000米以上营地的物资，则是靠人力运输。

但是牦牛队负责人、农奴出身的强巴和奴隶出身的白玛，他们急登山队之所急，硬是想办法把牦牛赶到了6500米的营地，创造了牦牛登高的新纪录。每头牦牛每次可运40公斤重的东西，几十头牦牛可运几千公斤重的东西。

这样，从5000米的大本营到6500米营地的物资运输，就完全由牦牛队承担，节省了大量人力。

此后，几位解放军战士和民工在教练率领下，承担了从6500米的营地往北坳运送物资的任务。这几位解放军战士，都是第一次上到6000米以上的高度，不少人有高山反应。但他们却不叫一声苦，坚决完成任务。在短短6天内，他们五上北坳，运送了氧气一百多瓶，帐篷20多顶，还有登山装备、煤气罐、摄影器材等。这为第二次适应性行军的队伍在北坳宿营，创造了充足的物质条件。

在五上北坳的过程中，这些解放军战士由起初不适应到逐步适应了高山冰雪的环境。最初他们从北坳往返一趟要6个多小时，后来缩短到只要3个多小时。

但这些解放军战士并不满足于已经取得的成绩，他们的目标总是向着前方。每次上了北坳，他们便问教练："教练，7600米在什么地方？8100米在什么地方……"他们心中想的是把登山需要的物资装备，运到更高的地方去。

4月19日上午，当洛桑德庆、王洪宝率领的运输队快要接近7450米地段时，天气突然变坏了，风力逐渐加大，竟然达到9级左右。

狂风从洛拉山口方向涌来，几乎连人都要刮起来，大家只好时而匍匐在地上，时而倾斜着身子慢慢挪步。狂风卷着雪粒，呛得人喘不过气来，就是在这种情况下，运输队伍也没有停住脚步。

洛桑德庆教练走在队伍最前面，王洪宝教练走在最后，两人还大声地给大家做宣传鼓动工作，要大家"坚持""坚持就是胜利"！

洛桑德庆的结组内有个新队员说："教练，咱们可真倒霉，碰到这样的坏天气！"

洛桑亲切地对他说："这不叫倒霉，这对咱们是个锻炼。说不定咱们碰上坏天气，倒把好天气留给了预备登顶的同志们哩！"

洛桑的话，使这位新队员深受感动，他振作起来，一直坚持走到7600米的营地。

洛桑德庆出身奴隶，父母在旧社会被罪恶的三大领主迫害而死。他从小就给领主当用人，受尽了折磨。新中国成立后，他才过上了幸福生活。之后，他从1960年参加登山活动，经常承担艰巨的运输工作，默默无闻地完成任务，被同志们誉为"革命的老黄牛"。

　　像洛桑德庆这样高尚的思想品格，在运输队已经蔚然成风。

　　朝鲜族队员金俊喜，在第二次适应性行军中，在北坳坚持了4昼夜，回来刚刚休息3天，组织上就通知他参加支前运输队。他二话不说，便愉快地出发了。

　　他体质较弱，在7450米的风口负重15公斤，极为艰难，差不多走一两步就要停下来，大口大口地吸气。但他从未叫一声苦或累，不但自己坚持，还鼓励结组的其他3个队员坚持下去。

　　经过14个小时的艰难行军，他们终于把自己背负的物资运到了7600米的营地。

　　藏族队员曲尼，是黑河油库的警卫人员，去年才参加登山活动。正当他参加登山训练的时候，父亲去世了。但他说执行党交给的任务要紧，没有回家去。在行军路上，他们结组有一位同志身体有病，决定下撤。

　　曲尼毫不犹豫地把那位队友背的供科考仪器用的电池、电瓶放在自己的背包上。他本来负荷已经够重了，但还坚持把别人的东西加在自己的背上。

　　他说："累一点不要紧，党交给的运输物资一定要到目的地，不能拉下半点。"

按照规定，支前运输队员到了7007米，每一结组可以用一瓶氧气。但自7007到7600米，全队人员没有一个人用氧气。

他们说：

> 我们自己忍受点，把氧气节省下来，营地里就可以多储备一些，以备将来突击主峰时用。

4月20日，他们给7600米和8100米这两个营地运送了氧气瓶、帐篷、绳索、冰锥等各种登山装备以及摄影器材等，为突击主峰的胜利，创造了必要的物质基础。

再次向珠穆朗玛峰挺进

1975 年 4 月下旬，登山队党委决定：

利用 4 月底至 5 月初珠峰地区可能出现的
好天气周期进行第四次行军，突击顶峰。

4 月 24 日和 26 日，两支突击队分两批浩浩荡荡地从
大本营出发了。27 日，第一突击队到达北坳营地。

其实，早在 1975 年 3 月，朝气蓬勃的中国登山队高
举红旗，来到了珠峰脚下海拔 5000 米的绒布寺。他们在
那里安下营地后，中国登山健儿们便再次擂响了向世界
最高峰进军的战鼓，并发出了钢铁般的誓言：

征服千难与万险，
冲破白云上九天。
无限风光在险峰，
誓登珠峰意志坚。

面对中国登山队再次向喜马拉雅最高峰挺进这一光
荣而艰巨的任务，登山队的豪言是：

党给我们的任务，能够提前一天完成，就决不拖延一分钟！

然而，这支队伍刚刚组成，登过 8000 米以上高度的骨干，年龄多已超过 40 岁。而年轻的队员，还没有攀登 8000 米以上高度的经验，大部分都是初次参加登山活动。女队员中也没有一个登上过 8000 米。他们经过短短一年的身体和技术的训练，能不能挑起重担，能不能闯过难关呢？

对此，年轻的登山队员们说：

登山队员就是要迎着困难上，难字面前不低头，苦字面前不摇头，死字面前不回头。

经过 3 月中旬到 4 月中旬三次适应性行军，中国登山队的干部、教练员和运动员们，取得了一定海拔高度的适应性，侦察和修通了到 8100 米高度的行军路线，还同支援登山活动的人民解放军、藏族同胞一起奋战，完成了登山科学考察装备、氧气、食品、燃料等物资的高山运输任务，建立了高山营地，为突击珠峰顶峰做好了各项准备工作。

珠峰，越往上攀登，越是奇伟瑰丽；条件越困难，越显出英雄本色。

从北坳到 7600 米的营地，必须经过一个平均坡度 40

度左右的约 2 公里的冰雪山脊。在这个山脊在 7300 米至 7450 米高度之间，通常刮着七八级以上的大风，加上山脊两边坡度大，容易滑坠，队员为了减少坡度采取了走"之"字形的路线向上攀登。

28 日，第一突击队向 7600 米营地进发，经过 7450 米高处风口时，突然遇到了 10 级以上的大风，冰冷刺骨的狂风吹得队员们直不起腰，迈不开步，冻伤和滑坠的危险威胁着每一个人。

与此同时，行进到 6500 米营地的第二突击队同样也遇到了暴风的袭击。面对这样的艰难险阻，突击队的队员们在困难面前毫不畏惧，顶着狂风，继续前进。

这时，无线电报话机里传来了登山队党委的命令：

五月初将有好天气，第一突击队立即停止前进，同第二突击队一起暂时撤回 6000 米营地待命。

由于风雪不止，两个突击队在 6000 至 7000 米营地整整等待了 3 天。

5 月 2 日天气转好，两个突击队的队员们根据党委的指示向珠峰挺进了。

5 月 4 日到 5 日，突击队共有 33 名男队员和 7 名女队员到达了 8200 米的营地，他们中的 17 名男队员和 3 名女队员又达到了 8600 米的突击营地。

在同珠穆朗玛峰的战斗中，有的队友由于高山缺氧，一步几喘，甚至晕倒在雪坡上，醒来后，又继续前进。

有的队友从陡峭的雪坡上滑坠，坚硬的冰块撞得浑身疼痛，但他们不叫一声苦，爬起来再上。

还有的队友运输食品上山，把水果揣在怀里，生怕它冻坏了。他们把食品一直送到登顶队员手中，自己却不肯吃一口。

还有许多科学工作者冒着生命危险，出入在冰塔群和布满冰裂缝的粒雪盆地带，并第一次攀到七八千米的高度，进行科学考察。

摄影工作者为了拍下登山队员战斗的英姿，拍下珠峰的真实面貌，在8200米的高山上滑坠几十米，手中还紧紧抱着电影摄影机。

对此，藏族队员们说：

过惯寒冬的人们啊，才感到太阳的温暖；尝过悲惨生活的奴隶啊，才懂得翻身当主人的幸福。今天，我们为党的事业、为人民的利益吃尽千辛万苦，再苦心也甜。

新队员包音是一位蒙古族队友，他所在营地的电话线路中断了，本来不担负接线任务的包音立即想道："每秒钟都要保证电话畅通！"他便毅然地跑出去查线。

在一处风化严重的滚石坡下面，他发现两根电线被

刚刚崩塌下来的滚石砸断了。陡坡上，好些小石头还在下落，这预示着还会有更大的塌方。

包音不顾生命危险，以快速的动作，接通了电话。刚讲上两句话，猛然听到"哗哗"声响，坡上扬起了尘烟。包青敏捷地抱起电话机，顺着斜坡滚了下去。

"轰"的一声，巨石下塌，刚接上的电线又被砸断了。于是，包音急忙趁着塌方的间隙，拨开乱石，把接好了的电线埋了进去。他冒着生命危险修好的电话线，一直到登顶成功，都保持畅通。

在征服珠峰的过程中总是会有牺牲的，人民的好战士、登山队副政委邬宗岳，就是在这次战斗中献出了宝贵的生命。

5月5日，经过十多天的艰苦行军，队伍终于胜利地在8600米的高度建立了过渡营地。这里，离顶峰只有200多米的路程。

按照原定的计划，第四次行军要伺机突击顶峰。

就在这胜利在望的时刻，困难和挫折像暴风雪似的向他们袭来。

从5日夜间开始，天气又变坏了，10级以上的高空风疯狂呼啸着，把3顶高山帐篷摇晃得宛如大海怒涛中的几叶小舟。

5月6日，珠峰8000米以上地区又刮起了10级以上的大风。突击队员们一直等到上午11时仍然无法行动。

对此，登山队党委决定将突顶时间改为5月7日。

可是，5月7日，高空的风力有增无减，突顶队员们几次试图离开突击营地都被大风挡回。

狂风整整刮了三天两夜，把登山队员们堵拦在几顶狭小的帐篷里。高山的严寒使队员们呼出的热气在篷顶上结了一层厚厚的白霜，狂风摇晃着帐篷，白霜像雪花似的飞落。

他们在高山上已经超过原定计划生活了 13 天之久，食品差不多吃光了，氧气也不多了，报话机电源也耗尽了，同时和大本营失去了联系……

但是，战友的牺牲、严寒、缺氧、饥饿……所有这一切都没有动摇登山运动员们征服珠峰的坚强意志。

当队员们听到队党委传来 8 日、9 日珠峰将出现好天气的消息时，营地沸腾起来了，大家纷纷向队党委请战。

党委成员、指导员成天亮说：

我是一个共产党员，党叫干啥就干啥。邬宗岳同志说过，还有一口气，就坚决前进。

来自解放军的藏族青年索南罗布满怀战斗激情地大声说道：

以共产党员的战斗姿态前进。

藏族女队员昌措由于高山反应严重，喉咙发炎，但她仍用沙哑的嗓子喊道：

　　我是昌措，一不怕苦，二不怕死！

离报话机 20 米以外的洛桑坚赞，也挤到报话机旁，激动地喊道：

　　我是共产党员洛桑坚赞，我要求参加登顶突击队，上不了顶，也可以把氧气瓶背到 8600 米营地。现在突顶人少，多我一个就多一分力量！

这就是登山队员们激动人心的"请战"声，在极度困难面前不屈不挠的战斗者的声音！

8 日 11 时，突击队开始向 8600 米的过渡营地进军。

9 日，又从 8600 米的过渡营地向"第二台阶"进发。"第二台阶"那老虎嘴似的陡岩峭壁已经在望，但走了老半天还是走不到眼前，走到后来就连那"老虎嘴"也看不见了，前面是千仞绝壁，身旁是无底深渊，他们发现走向偏低，路走错了。

他们正准备回身重新寻找通往"第二台阶"的道路时，成天亮突然晕过去了。

其余的人还想继续突顶，他们通过报话机对大本营说：

我们准备把成天亮同志安全送回 8600 米营地后，继续向上找路，今天找不着，明天再找……

登山队领导被队员们的拼命精神深深感动了，但由于珠穆朗玛峰地区雨季临近，时间十分紧迫。为了抢时间完成登顶任务，登山队党委根据天气预报，又坚定、果断地作出了 5 月下旬再次登顶的决定。

于是，登山队领导就命令他们：

为了突顶的胜利，必须下撤。

队员们一边往下撤，一边不住地回头望"老虎嘴"，心想：一定要找到登珠峰顶的路！

正在突顶受到挫折的时候，从北京传来了红色电波：

要看到成绩，看到光明，要提高勇气。干革命总会有牺牲，要前仆后继。要认真总结经验，下定决心，去争取胜利。

党的关怀，使同志们受到了教育，受到了鼓舞，一个个激动得说不出话来。

为保证登顶成功，登山队党委决定把 8200 米的高山营地和 8300 米的突击营地，分别提高到 8600 米和 8680 米。

5 月 17 日和 18 日，向世界最高峰进军的关键时刻到了！大本营出现了紧张热烈的战斗气氛。决心书、保证书、请战书，要求在斗争第一线加入中国共产党的申请书，像雪片似的飞向登山队党委。

撤回大本营还不到一个星期的突击队员们，被分成三个梯队，共 3 名女队员和 15 名男队员。在突击队党支部书记、人民解放军驻西藏某部战士、29 岁的藏族运动员索南罗布和中国登山队副队长潘多的带领下，分两批从大本营出发了。

没有突击任务的教练员和运动员以及大本营的其他人员，纷纷报名要求支援前线，并组成一支支运输队、支前队，随着突击队也上了山。

气象、炊事、医务、交通运输、总务、通讯联络等方面，以及支援这次登山活动的解放军战士和藏族同胞，个个精神振奋，斗志昂扬，争着要为攀登珠穆朗玛峰多作贡献。

正在这时，党中央从北京派专机给登山队送来了新鲜蔬菜和水果。

运动员们手捧鲜果，深情地唱道：

巍巍珠峰山连山，

亲切关怀北京来。

党的恩情深似海，

誓把珠峰脚下踩！

在攀登途中，困难和挫折考验了干部，锻炼了队伍。困难和挫折更培养了登山队伍百折不挠的战斗精神。像索南罗布这样一批年轻队员，就是在困难和挫折中迅速成长起来的。

从进山以来，索南罗布一直战斗在征服珠峰的第一线，在"天险"北坳修路时，他就在冰陡坡上拉绳索、架云梯；几次冲击7400米高度附近大风口的有他的身影；在8600米的过渡营地与高空风搏斗的，也有他；突击顶峰在"第二台阶"下找路的还有他……

邬宗岳牺牲后，在向珠峰发起最后一次突击的时刻，索南罗布挑起了登顶突击队党支部书记的重担，成为登顶前线的一名出色的指挥员。一直到登上地球之巅，他始终走在队伍的最前面。

狂风飞雪，茫茫一片。登山队的一个梯队，在陡坡上向8600米的过渡营地艰难地攀登。最后的一个身影，个头不高，却负重不轻。这个人就是被同志们亲切地誉为"小愚公"的仁青平措。

仁青平措是一个闲不住的人。他关心集体，关心他人胜过关心自己。每一次行军，同志们的体力消耗都很大，到了宿营地，仁青平措总是忙碌着支帐篷、熬汤、煮饭……

在一次行军中，队伍被突然袭来的暴风雪困在7007米的高山营地上，一天、两天、三天过去了，风雪依然不止，食品也吃光了。仁青平措却找出了一只冻鸡，熬了一大锅汤，他冲过狂风暴雪，往一个又一个帐篷里送："同志，喝碗鸡汤，振振精神。"

一股股暖流，传送着无产阶级战士的深情厚谊，而这位翻身农奴，自己却一口也没有沾。

由于在营地上长时间忙碌，仁青平措的双手全冻伤了，然而他一声也不吭。同志们发现他在行军中握不住冰镐，摇摇晃晃，才知道他受了伤，都关心地劝他撤下去。

而这位平日言语不多的队友却坚定地说："不能！让我上去！我上不了顶，也可以给你们多送一瓶氧气。"他忍着手指冻伤的疼痛，硬是把氧气一直背到了8600米的过渡营地上，为登顶的战友们创造了条件。

珠穆朗玛是喜马拉雅山群峰之巅。然而，没有这浩瀚如海的群峰，也就没有巍峨壮丽的珠穆朗玛。而攀登珠峰，没有众多无名英雄的忘我奋战，也就没有登顶英雄们的辉煌业绩。

正当5月中旬大本营决定向珠峰发起最后一次冲击的关键时刻，在7600米的营地待命的尚子平教练经过连续战斗，身体十分疲乏，但他听到党委的命令：

现在高山营地氧气已经很少了，你的任务

是立即送 10 瓶氧气到 8200 米营地！

尚教练没有犹豫，便同 4 名队员顶着铺天盖地的风雪出发了。

登山队里，像尚子平这样的教练还有不少。许多队员，按他们的高山适应性和体力，有可能参加登顶突击队，但他们服从党的指挥，甘愿为突击顶峰铺路垫石；有的队员生了病，还把重担压到自己肩上，将供应品运到他们以往从未达到的高度，以减轻突顶队员的负担；不少队员在坏天气里强行军，而把即将到来的好天气留给登顶的队员们。

就是这样，征服珠峰的艰难路程和共同的战斗，把同志们的革命情谊联结得更深、更紧。

5 月 18 日，在邬宗岳同志牺牲后不久，又传出了强巴和新队员阿旺晋美失踪的消息。战友的安危，牵动着每一个人的心，大本营党委发出命令，要上下两个营地组织人力向失事地点前进，奋力抢救。一整天过去了，还是不见踪影，多少人又整夜没有睡着……

此刻，强巴和阿旺晋美紧紧挤在 7500 米高的山坡一侧的岩石缝里，躲避暴风雪。

当时下撤到这里的时候，风雪太大，天也快黑了，山陡路滑，第一次上山的 21 岁的阿旺晋美由于高山反应走不动了，并且和组织失掉了联络。

因此，强巴决定在这个小岩洞里躲一下，心想："我

要为新队员的安全负责，不能离开他。"

夜黑风疾，阿旺晋美有点着急，强巴鼓励他："我们登山是光荣的事业，这点暴风雪算不了什么困难，大家都在关心着我们。我们虽然只有两个人，也是一个战斗的集体。"

他们渴了，咽把雪；饿了，掏出仅有的几袋维生素做食品。

暴风雪还在呼啸着，到第三天，才稍为转弱。以惊人的革命意志坚持了 56 个小时没吃没喝的强巴，几乎筋疲力尽了，但他却还要小心翼翼地保护着同伴下山。

当下到一个陡坡的时候，同伴阿旺晋美没有踩住，滑倒了，他努力挣扎着；强巴使出全身力气扳住系着尼龙绳的冰镐，两个人的生命都处在严重的威胁之中，情况万分危急。

突然，一双有力的手伸了过来，紧紧拽住主绳，使他们两个人都脱离了险境。救他们的人是藏族女队员次旦卓玛。

原来，他们的一个结组正好路过这里休息，她猛一抬头，发现了这个险情，便跃身而起，毅然解开结组绳，不顾坡陡雪滑，冲上前去。

可以说，在登山队这个战斗的集体里，每一个人都对工作极端负责，对队员、对人民极端热忱。这一点，我们可以从 17 个苹果的故事里了解到。

炊事班副班长达东师傅，还是在第一次适应性行军返回大本营的时候，看到一些队员口干舌燥、嘴唇破裂，他便想："他们在山上喝水不方便，要是在关键时刻吃上一口苹果，那该多好！"从此以后，每次发给他的苹果，他都舍不得吃，把它们积攒下来。

第一次突击顶峰的战斗打响了，他和次仁欧珠等师傅，把 17 个苹果连同一封热情诚挚的信，交给戈马师傅送到了海拔 6000 米的营地。

正在 6000 米的营地待命的队员们收到了苹果，激动得流下了眼泪。但他们认为在 6500 米的营地工作的队友比自己更辛苦，便又写了封信，把苹果再往上送去。

就这样，17 个苹果连同一封又一封慰问信，一直送到在北坳坚持工作的队员们手里。

北坳营地的队员们，手捧凝结着战斗情谊的苹果，心情久久不能平静。他们说："苹果虽少，意义深，我们要让它在战斗中发挥作用。"

过了几天，突击顶峰的队员们经过这里，当他们又饥又渴的时候，一碗碗热腾腾的苹果汤送到了他们手上。登山队员们喝在嘴里，暖在心上，感到了莫大的鼓舞。

经过千辛万苦，突击队于 25 日分别达到了 8680 米的突击营地和 8300 米的高山营地。这时，因体力原因，有两名女队员和 7 名男队员在行军中下撤了。

登山队党委决定：

将三个梯队的 9 名男女运动员分成两个突

击组，轮流突击珠穆朗玛峰顶峰。由索南罗布、大平措、贡嘎巴桑和次仁多吉组成的第一突击组，于26日完成"第二台阶"的侦察、修路任务后，先行突顶；由潘多、罗则、侯生福、桑珠和阿布钦组成的第二突击组，于26日完成8300米营地到突击营地的行军任务，在27日再行突顶。

26日，10级左右的大风使两个突击组均无法按计划行动。15时，登山队党委召开紧急会议，并作出决定：

天黑之前，第一突击组一定要完成"第二台阶"的侦察、修路任务；第二突击组必须强行军，从8300米营地上升到8680米的突击营地。9名男女队员于27日同时登顶。

根据登山队党委的决定，两个突击组于15时30分同时行动，与狂风搏斗了几个小时以后，终于完成了侦察、修路和强行军的任务。21时，两个突击组在8680米的突击营地胜利会师。

召开突击珠峰会议

1975 年 5 月 26 日 23 时，突击队党支部书记、29 岁的解放军技师索南罗布在 8680 米的高峰，以坚定有力的声音宣布道：

同志们，我们的支部大会现在开始了。支部大会的议题是共产党员怎样迎接突击主峰的战斗？

这是一次制订总攻方案、迎接光辉胜利的会。

深夜，红色电波穿过咆哮的风雪，把突击队召开党支部大会的信息，及时传到了拉萨，又传到了祖国的首都北京。

清晨，红色电波又越过座座雪山，把来自北京的指示和要求、来自首都的关怀和期望，传给了整装待发的 9 名突击队员：

同志们，只要我们按照毛主席和党中央的指示去做，就能无高不可攀，无往而不胜！

此时，距离突击主峰的出发时间只有 9 个小时了！

这时，在珠穆朗玛峰"第二台阶"的附近、8680 米的雪坡上，中国登山队突击队的 8 名共产党员和 1 名青年正坐在狭小的帐篷里准备出发。此刻，他们和举世闻名的地球之巅只差 200 米左右。

而珠穆朗玛峰的夜晚，却极为不平静，六七级的夜风呼啸着、翻滚着，席卷着这冰雪的世界。

为了再次征服这地球之巅，登山队员们从 3 月 13 日到达大本营起，已经奋战了 75 天。气候的恶变，极度的疲劳，有些同志手脚的伤残，甚至个别战友的牺牲，都未能使他们后退一步。

9 名登山队员已经在 7600 米的高山帐篷里坚持了四天四夜。尽管这一段时间的强烈高空风使他们不能迈出帐篷一步，但英雄们的心里，只有一个信念：

只要风势减弱，我们就立即向顶峰挺进！

24 日，风势稍小，他们便分成两个突击组向 8000 米以上攀登。

26 日 21 时，两个突击组胜利会师在 8680 米的突击营地。这里和顶峰的高差只有 200 米左右了，庄严威武的珠峰，看来近在眼前，胜利在望。

然而，外国登山家所谓"不可超越的台阶"也横在他们的眼前。陡峭而光滑的"第二台阶"，几乎找不到任何支撑点。

同时，9 个队员经过连续 10 天的高山行军，已经相当疲劳，而食物也不多了。

帐篷外，寒夜深沉，风声震耳；帐篷内，声音激动而坚强。

党支委侯生福同志向 7 名党员和 1 名青年传达了登山队党委从报话机里下达的指示：

> 据气象预报，明天天气较好，今晚要做好一切准备，争取明天突击主峰。在突击主峰中，党支部要发挥战斗堡垒作用，共产党员要起先锋模范作用，全体同志要发扬一不怕苦、二不怕死的革命精神，为党和祖国人民争光！

当同志们听到登山队党委的指示后，个个心情激动，兴奋异常。

37 岁的党支部副书记罗则激昂地说：

> 明天一定要登顶！我们要准备付出代价，耳朵冻掉了，鼻子冻坏了，也要上！共产党员要勇于战胜一切困难，用党性保证完成党交给的任务！

这位从事了 15 年登山教练工作的新党员，以前从未登过 7600 米以上的高度，这次当他完成繁重的运输任务之后，再三要求承担最危险、最艰巨的任务。

他向党委表示："在旧社会，我是一个连狗都不如的奴隶。是党把我救出了火坑，成了光荣的解放军战士；又是党，把我培养成一名新中国的体育工作者。为了党的事业，为了登顶，我愿献出自己的一切！"

在宣布突击队名单时，罗则听到了自己的名字，他激动得说不出话来。

接着，女队员潘多激动地说："我是农奴的女儿，是党和毛主席把我培养成西藏第一代藏族工人，又成了我国第一批藏族女子登山运动员。现在，党把攀登世界最高峰的光荣任务交给我，作为一名新党员，更要严格要求自己，只要我还有一口气，就要坚决完成任务！"

10 天前入党的情景，仍在潘多的脑中回荡。在海拔5000 米的登山大本营里，面对伟大领袖毛主席的画像，潘多热泪盈眶，她默默地向党宣誓：

> 要接受党给予的一切考验，要永远在党的领导下为共产主义奋斗终生。

她说："我是一名新党员，又是一名妇女，党和人民期待着我们，全国妇女姐妹期待着我们，我们一定要上顶！"

之后，大家又不约而同地勉励侯生福同志："老侯，你也一定要上去！你的身体怎么样？"

这位登山教练员，在第三次行军中，走到 6500 米，因气候、饮食和运动量的关系，痔疮复发，严重脱肛，疼痛异常，行走不便。但侯生福同志不吭一声，咬紧牙关，继续冒着 8 级大风和零下 30 多摄氏度的严寒向上攀登。他克服了难以忍受的疼痛，到了 8100 米，完成了预定的任务，才一步一步地艰难地走回大本营。就这样，他整整坚持了 9 天。到了大本营，医生立即决定送他到日喀则住院。

在这 9 天的极端艰苦的日子里，侯生福没有流过一滴泪，可是当他离开大本营时，却流下了眼泪，他激动地说："我没有完成党交给的突击顶峰的任务。"

侯生福同志住了 23 天医院后，再也按捺不住了，队党委根据他再三的请求，批准他提前出院返回大本营。他一下汽车就参加了突击顶峰的誓师大会，隔了一天，就加入了征服顶峰的战斗行列。

他说："自己参加登山十几年了，没有为党为人民作出应有的贡献，这次拼命也要上去，病有什么要紧，哪怕牺牲了，也是光荣的，这是党的需要。"

在 7600 米被大风围困的四天四夜中，侯生福的病又开始发作了，然而疼痛并没有让他吭一声。

"我的身体能顶住，我们一定要把珠峰踩在脚下！"在同志们的关怀下，侯生福更加坚定了自己必胜的信心。

由于高山缺氧、饥饿、疲劳和冷空气的袭击，不少同志的声音都嘶哑了，有的甚至发不出声音来。

在支部大会上，贡嘎巴桑用沙哑的声音，费劲地说出了一句："拿不下珠峰，绝不下山！"

大平措嗓子哑得更厉害了，他挨到队友们的跟前，发出了这样的豪迈誓言："只要我还有一口气，爬，也要爬上顶峰！"

次仁多吉和桑珠已经发不出声音了，只好握紧拳头连连点头来表达自己的坚强信念：上顶！一定要上顶！

突击队中最年轻的队员、21岁的藏族青年阿布钦，也由于嗓子嘶哑，只简短地说了两个字："好，干！"

夜风，仍在呼啸，把高山帐篷吹得"啪啪"的响。同志们围坐在煤气灯前，大家的心，就像那红色的火苗，越烧越旺，越燃越红。

接着，党支部书记索南罗布细致地讲述了明天突击主峰的战斗方案，安排了在顶峰竖立测量标、摄影、搜集岩石标本和冰雪样品以及遥测心电图等任务的分工，并部署了安全下撤的计划。

这位精悍的藏族翻身农奴，从突击主峰以来，一直走在最前面，为大家侦察、修路。在这冰雪纵横的险途上，前进的每一步都隐藏着意料不到的危险，但索南罗布挺身迎险，哪里最危险，哪里就有他的身影。

11时30分，支部大会结束了。侯生福同志立即打开了报话机，准备向党委汇报。此时，大本营的帐篷内，也正在召开党委扩大会，紧张地研究着明天突击主峰的战斗方案和接应登顶队员的细致安排。

突然，报话机里传出了急促的声音：

大本营，大本营，一号呼叫，一号呼叫，听到没有，请回答。

一时间，大本营帐篷内寂静无声，同志们马上围拢到报话机旁，静静地捕捉着每一个字眼。

我们向党委报告：我们已经开完了支部大会，决定明天9个人全部登顶。我们，8名共产党员，1名青年同志，向党保证：一定要完成党和人民交给的任务，只要还有一口气，爬，也要爬到顶峰！

这响亮的誓言，这巨大的声响，震撼着风雪咆哮的珠穆朗玛峰。

登山队党委负责人激动地通过报话机向突击队同志们说：

党和毛主席时刻关怀着我们，全国人民期望着我们，我们一定要登上世界最高峰，为党为人民立新功！并请转告潘多同志，希望她战胜一切困难，胜利登顶！

支部大会结束了，但同志们的心仍久久不能平静，他们并没有马上睡觉，而是分别检查明天登顶的准备工作。

　　侯生福发现摄影机的片盒已经曝光，为了拍好登顶的彩色影片，他细致地换上了新的胶片，反复检查了好几遍，一直搞到深夜2时。

　　其他队员也以高昂的斗志，进行着各种准备工作。

　　在高空风猛烈冲击帐篷的振荡声中，在队员们的呼气凝结成飞舞的雪花中，为了明天的战斗，突击队员们克制着激动的心情，慢慢地进入梦中。这是一个期待胜利、激动人心的夜晚……

　　拂晓时分，红色电波又从北京传来了指示和要求，传来了关怀和期望：

　　　　请转告登顶队员，下午天气可能要变坏，一定要抓紧上午时间突击顶峰，并要很好地关怀和照顾女同志潘多。

中国登山队再登珠峰

1975 年 5 月 27 日 8 时，9 名登山队员怀着必胜的信念，披着珠峰的晨雾，迎着绚丽的朝霞，拿着冰镐，带着五星红旗，背着金属测量观标、电影摄影机、照相机和氧气瓶，向着顶峰最艰难的道路出发了！

在海拔 8000 米以上的珠峰地区，空气中的氧气只有海平面地区的三分之一，在这种严重缺氧的情况下，他们一直走了一个半小时都没有休息。

9 时 30 分左右，突击队员们爬过了征途中的第二道难关，即"第二台阶"，休息了 10 分钟，每人以二至五升的流量吸了两三分钟氧气，又继续向前挺进。

这时，八九级的大风卷着坚硬的雪粒扑打着突击队员。断续出现的冰坡又滑又硬，队员们每走一步都要付出很大的体力。

环境险恶，条件艰难，但是，突击队员们却精神振奋、意志坚定。

37 岁的藏族女队员潘多，作为一名共产党员，虽然背着一瓶氧气，但她没有比男队员多吸一口氧，更没有被男队员落下一步。

12 时 30 分左右，队员们已经来到离珠峰顶部五六十米的地方。正前方出现了一片几乎是垂直的冰坡，队员们只好向北横切三四十米，再通过一片陡峭的岩石坡向西行进。

这时候，正在前面开路的索南罗布感到身后的结组绳突然一紧，回头一看，在他后面的贡嘎巴桑由于极度缺氧而昏倒了。

索南罗布便立刻给贡嘎巴桑戴上氧气面罩，让他吸了几口氧气。

13时左右，在距珠峰的顶部还有几十米的地方，出现一片呈波浪形的冰坡。

这时，贡嘎巴桑又晕倒了。

索南罗布又让他吸氧气，然后鼓励说："胜利就在眼前了，咱们9个同志一定能够一起登上顶峰，一起凯旋。"

贡嘎巴桑没有说话，他以坚定的步伐回答了队友的鼓励。此时，两位战友不约而同地流下了激动的热泪。

又经过了一个多小时艰难的行军，9名登山员终于在北京时间14时30分，胜利地登上了那只有1米左右宽、10多米长的珠穆朗玛峰的顶峰。

索南罗布、潘多等9位队员站在珠峰的峰顶上，举目四顾，只见绵绵云海上的群峰尽在脚下。

他们用了六个半小时，终于攀登完了这最后的200米，完成了从北坡再次征服世界最高峰的壮举。

伟大祖国的五星红旗再一次飘扬在地球之巅！

与此同时，在紧张繁忙的大本营，在每个山头的观测点，在各个高山营地，人们全部都聚集在报话机旁屏息静听。

不久，他们便听到了激动人心的喜讯：

> 我们9个同志，已经胜利地登上了世界最高峰——珠穆朗玛峰！请大本营向毛主席、党中央和全国人民报告喜讯！

霎时间，人们纵情欢呼我国登山健儿再次攀登珠穆朗玛峰的巨大胜利，久久沉浸在欢乐之中。

这次中国登山队登顶的共有9名队员，他们是：突击队党支部书记索南罗布，登山员罗则、侯生福、桑珠、大平措、贡嘎巴桑、次仁多吉、阿布钦，还有一位副队长、女登山员潘多。

此时，英雄们站在地球之巅，脚下是茫茫的云海，眼前是天际的雪峰，放眼望去，山河壮丽，气象万千！此时此景，真是令人心潮澎湃！

现在，他们在地球上空气最稀薄的地方，在被称为"死亡的地带"上，用超人的意志和毅力，开始一件一件、一桩一桩地完成党和人民的重托。

铸有"中华人民共和国登山队"字样的3米高的金属测量观标竖起来了。这红色的观标，是我们中国登山健儿英勇壮举的见证！

鲜艳的五星红旗飘扬起来了。这红旗飘扬在世界最高处，象征着中国人民无高不可攀、无坚不可摧的英雄气概，显示出中华民族有自立于世界民族之林的能力。

这时，登顶队员们用尽全身气力，举起了摄影机和照相机，拍下了一个又一个珍贵的镜头。

他们拍下了潘多为了让遥测心电图做得更准确，迎着凛冽的西风躺卧在峰顶的图像。为了做好顶峰的遥测心电图，潘多在仅有 1 米左右宽珠峰顶部的冰雪上，静静地躺了六七分钟。

他们拍下了队员们艰苦地搜集岩石标本、冰雪样品和测量覆雪深度的情景。

他们还拍下了壮观的雪峰云海……

9 名队员在珠峰顶上停留了一个小时又 10 分钟，没有一个人顾得上吸一口氧气。

当队员们即将离开顶峰的时候，他们满怀着对伟大领袖毛主席深厚的感情，挑选了一块最美丽、最光泽的顶峰岩石标本，细心地揣在怀里，准备带回北京，献给伟大领袖毛主席。

15 时 40 分，登山队员们整好行装，踏上归程。

第一位女子登山队员登顶

1975年5月27日，雄伟瑰丽的珠穆朗玛峰沐浴着灿烂的阳光。它那挺拔的山体傲然直插蔚蓝的天际，山腰间，一条条薄纱似的白云轻轻游动。

北京时间14时30分，中国登山队副队长、藏族女登山员潘多和8名男登山员一起胜利地登上了珠穆朗玛峰。这是中国女子登山员首次从北坡踏上地球最高点，再一次创造了人类征服大自然的光辉业绩。

在这次登山活动中，还有7名女队员曾经参加了攀登。她们是藏族次旦卓玛、藏族次仁央金、汉族周怀美、汉族邢玲玲、藏族米玛卓玛、藏族达桑、藏族卓嘎，到达了7600米的高度；巴桑、白珍到达了7800米的高度；次仁巴仲、旺姆、加力到达了8200米的高度；藏族女登山员昌措、桂桑、扎桑到达了8600米的高度。

我国女子登山员征服珠穆朗玛峰的英雄壮举，向世界证明了中国妇女崭新的精神面貌和无高不可攀、无坚不可摧的精神。

我国女子登山运动是1958年才开始的，先后登上过7546米的慕士塔格山和7595米的公格尔九别峰，两次创造了女子登山的世界纪录。

参加这次攀登珠峰活动的女队员，由藏、回、鄂温克和汉族组成。她们有的是工人，有的是人民公社社员，有的是解放军战士，有的是国家干部，有的是学生。队伍中大部分是年轻的新手，是第一次参加登山活动。

3月19日上午，珠峰地区银光闪闪，几只矫健的雄鹰排云直上。登山队女队队长桂桑带领女队员，背起轻便的鸭绒睡袋和高山食品，斗志昂扬地参加了第一次适应性行军。

3天以后，她们来到6500米的第三号高山营地。这时，女运动员们被眼前的壮丽景象吸引住了。只见白雪皑皑的珠穆朗玛峰巍然挺立，北面的一座雪山是它的姐妹峰——北峰，两峰之间是一个马鞍形的冰雪山湖，犹如一片巨大的银墙玉壁，将珠峰和北峰紧紧联结在一起，这就是攀登珠峰的必经之路，人们把这珠峰的大门称为北坳。

3月22日和23日，新队员旺姆、达桑、卓嘎、周怀美、邢玲玲，穿上高山靴，绑好冰爪，结好胸绳，在男队员的帮助下，先后向北坳进军。

她们穿过粒雪盆地，跨过冰裂缝，然后开始攀登陡滑的北坳冰壁。她们一手拉着侦察修路组的战友已经固定在冰壁上的红色尼龙绳，一手撑着冰镐，沿着小红旗路标，一步步地前进。

由于是第一次攀登这样的高山，严重的高山反应使队员周怀美、邢玲玲头疼、呕吐，浑身瘫软无力。她们每前进一步都要付出极大的努力。

"坚持，坚持就是胜利。"她们互相鼓励着。

经过6个多小时的艰苦奋战，队员们终于胜利地登上了海拔7007米的北坳顶部。

旺姆、周怀美等5名女队员，都是第一次参加登山活动，她们从没有到过这样高海拔的山区，也没有进行过专门的冰雪作业训练。但是，她们用了4天的时间，就在第一次适应性行军中进入了珠峰大门。

4月5日，女队员们又开始了第二次适应性行军。

8日，昌措、桂桑、扎桑等9名藏族女队员和男队员一起又登上了北坳。在冰雪窝中，她们用冰镐刨平雪粒，搭起了十几座高山帐篷。

半夜，突然狂风大作，猛烈的高空风推着滚滚乌云，夹带着绿豆般大的雪粒，以每秒20多米的速度，顺着珠峰西山脊向北坳扑来。

女登山员们惊醒了，她们准备随时同意外的险情作斗争。

黎明时分，风更大了。帐篷在暴风雪中摇摇摆摆，随时都有被大风卷走的危险。

突然，次旦卓玛的帐篷被风吹倒了。接着，昌措、桂桑、扎桑等人的帐篷也被吹倒了。女队员们勇敢地冲出帐篷，和男队员一起又把帐篷重新搭好。

然后，女队员们围坐在一起，点燃煤气罐，烧茶、煮饭。水蒸气在帐篷顶上立刻凝成冰霜，风一吹，冰碴簌簌地落下来。

接连三天，风仍然不停。帐篷几乎每天都会被大风吹倒几次。每吹倒一次，她们就搭建一次。

大风可以吹倒帐篷，但吹不垮女登山员攀登珠峰的坚强意志。只要风势稍小，她们就走出帐篷，查看地形和进军路线。

她们在北坳顶部同暴风雪整整搏斗了 4 个昼夜，胜利完成了第二次适应性行军。

4 月 24 日，女队员们发扬不怕疲劳、连续作战的精神，又开始了第四次适应性行军。

5 月 3 日，昌措、桂桑、扎桑等 5 名藏族女队员，在邬宗岳的带领下，向海拔 7600 米的高度进军。

北坳到 7600 米，是攀登珠峰又一艰险的路段。陡峭的冰雪坡，强劲的高空风，极易滑坠和冻伤。

然而，勇敢的女登山员仍然是不畏艰险，她们结好胸绳，分别和男队员结成一个个结组，踏着冰雪陡坡，奋勇前进。

她们的左侧是笔直的冰壁，冰壁上面是突出悬空的雪檐，右侧是几乎直上直下的岩石坡。

7 级以上的高空风从珠峰西山脊猛烈扑来，吹得人喘不过气，站不稳脚，滑坠的危险随时都可能发生。

女队员们小心地向前挺进，到达了 7450 米的高度。这里是珠峰冰雪和岩石的交界线。再往上，强劲的高空风使冰雪无法积存，所以珠峰峰体岩石裸露。

珠峰的主峰就在眼前了，对此，她们个个精神振奋，力量倍增。

此外，女队员们在几次适应性行军的同时，还积极参加支前队，同男队员一起把食品、氧气瓶、帐篷、煤气罐等登山物品，背送到各高山营地。

汉族女队员昝玉英、樊永宁、杨秋萍等曾连续多次往返于6000米和6500米的营地运送物资。

次旦卓玛还在7007米北坳营地担任营地工作，不分日夜地为上、下山的人员烧水煮饭。

与此同时，女队员们还协助我国科学工作者进行科学考察。她们用战斗行动实践了自己豪迈的誓言：

中华儿女意志坚，

千难万险只等闲。

攀登世界最高峰，

妇女顶起半边天。

5月中旬的一天，登山队党委作出了突击珠穆朗玛峰顶峰的决定。

18日，3名女运动员潘多、昌措和桂桑参加第二突击组，从大本营出发了。

21日，潘多和昌措前进到了7600米的营地。这天，风云突变，下起了大雪，七八级以上的高空风疯狂呼啸，气温急剧下降，她们被迫在营地待命了3个日夜。

25日，天气转好。潘多和昌措随第二突击组的男队

员又前进到 8300 米的营地。

26 日，珠峰地区海拔 8000 米以上的高空，突然又刮起了 10 级大风。

15 时，登山队党委命令第二突击组务必在当晚上升到 8680 米的突击营地，并于 27 日与第一突击组同时突击顶峰。

这时，参加突击顶峰的女运动员只有潘多一个人了。潘多丝毫没有畏惧，只见她精神抖擞、斗志昂扬地和 4 名男队员一起迎着狂暴的高空风，英勇地向突击营地进发了。

从 8300 米到 8500 米的珠峰北坡，是由东向西的黄色岩层。岩石严重风化，结构松散，加上坡度大、风急，稍不注意就会发生滑坠。

21 时，珠峰地区夜幕降临。潘多和男队员们终于到达了 8680 米的突击营地。两个突击组的 9 名男女同志胜利会师了。

23 时，突击队党支部书记索南罗布主持召开了支部大会。会上，共产党员潘多回忆了自己苦难的家史。

潘多是一个农奴的女儿，小时候跟着母亲到处流浪乞讨，受尽了三大领主的压迫和摧残。新中国成立后，党把她从苦海中拯救出来，并把她送到拉萨七一农场，成为西藏第一代藏族农业工人。

1959 年，潘多又成了我国第一批藏族女子登山运动员。在党的培养下，潘多政治上进步很快，在这次登山活动中，她光荣地加入了中国共产党，并且担任了中国登山队副队长。

抚今思昔，潘多十分激动。她说："我是一名新党员，党把攀登珠穆朗玛峰顶峰的任务交给我，我一定坚决去完成。"

27日8时，潘多和战友们一起整好行装，向珠峰顶峰挺进了。

这时，珠峰地区出现了一个只有三四级风的罕见的好天气。火红的朝阳照射着起伏的冰山雪岭，珠峰顶峰高高耸立在碧蓝的天空下。

9时10分，潘多和第二结组的4名男队员到达珠峰"第二台阶"的底部。

"第二台阶"是攀登珠峰的最后一道险关。她们沿着第一突击组索南罗布等同志在这里固定好的尼龙保护绳和架起的金属梯，顺利地登上了"第二台阶"的顶部。

这时，风势逐渐增大了，潘多和男队员们顶着八九级的高空风，继续前进。

不多时，队员们来到一道陡峭的大冰坡面前。大冰坡随着山势上窄下宽成"三角"形。

当潘多等爬到冰坡五分之三的地方，坡度达到了六七十度，不能继续向上爬了。

于是，她和其他队友们沿着山体向北横切，在北侧的岩石坡上一步一步地向上攀登。

潘多虽因9天的艰苦行军体力消耗太大而十分疲乏，

但她仍然坚持背着氧气瓶，并且没有比男队员多吸一口氧气。最后，她以顽强的意志和男队员一起胜利地登上了珠峰顶峰。

珠峰顶端是一个东南—西北走向的鱼脊形地带，长10多米，宽1米左右。南侧是凹进去的悬崖绝壁，上面有凸出来的冰雪，北侧是岩石坡。向四周望去，起伏的群山伏在脚下，迷蒙的云海直连天际。

当侯生福用无线电报话机向大本营报告胜利登上峰顶时，潘多心中无比激动，顿时，一身的疲劳烟消云散。她立即同男队员一起，按照计划进行在顶峰的工作。她还躺在峰顶的冰雪中，进行心电图遥测。

北京时间15时40分，英雄的9名男女登山队员怀着无比喜悦和自豪的心情离开珠峰峰顶下撤了。

这时，潘多非常激动，她想："在毛主席、党中央的关怀和全国人民的支援下，自己能和战友们一起登上世界最高峰，这是登山队36名女同志的共同胜利，是全中国妇女的胜利和骄傲啊！"

悼念征服珠峰的英雄

1975 年 5 月 30 日，中国登山队全体队员在大本营举行追悼会。他们含着眼泪，在这次登山活动中英勇献身的登山队副政委邬宗岳遗体前沉痛默哀。

有人写诗赞颂其英勇的行为，其内容为：

> 巍巍珠峰云天耸，
>
> 无高不攀众英雄；
>
> 可歌可颂邬宗岳，
>
> 珠穆朗玛一青松！

在三天前，也就是 5 月 27 日，我国 9 名男女队员胜利从北坡登上世界最高峰——珠穆朗玛峰，再一次创造了人类征服大自然的光辉业绩。

然而，大家在热烈欢庆这次攀登珠穆朗玛峰胜利的时刻，谁都没有忘记老登山队员邬宗岳为我国登山事业的发展和这次登山的成功所作出的卓越贡献。

早在 4 月下旬到 5 月上旬，根据气象预报，珠峰地区可能出现好天气周期。

中国登山队党委决定派邬宗岳带领一支突击队上山，突击珠峰顶峰。

听到是邬宗岳带队，无论是突击队员，还是登山队的其他同志，心里都非常振奋。

邬宗岳在将要离开大本营，踏上攀登珠穆朗玛峰行军征途的时候，他举起拳头，向党委表示：

只要我还有一口气，就要带领大家登上顶峰！

4月28日，突击队来到海拔7400多米的高处。这里风疾天寒，坡陡路滑，是征服珠峰的一大难关。

邬宗岳一边向上攀登，一边招呼着大家：

同志们，接受考验的时候到了！咬紧牙关，坚持就能胜利！

同志们，风很大，注意防止冻伤和滑坠！

他们顶着七八级大风前进，风越来越大，行动越来越艰难，登山队党委决定突击队暂时下撤。

邬宗岳和队员们在报话机里请求党委批准他们继续上：

我们可以上，我们要求上。

党委没有同意这个要求，仍然命令道：

下撤！

邬宗岳认识到，这样的后退是为了更好地前进。他望着憋足了劲头的突击队员们深情地说：

> 同志们的心情我理解。可是，作为一名共产党员、革命战士，必须服从命令听指挥，牢记三大纪律、八项注意，下撤！

于是，队伍按照登山队党委的指示下撤到海拔 6000 米的营地。

5 月 2 日，珠峰地区风势稍减。突击队根据登山队党委的指示，从海拔 6000 米的营地继续向珠峰挺进了。

他们为了把大风抢走的时间夺回来，一天兼程两个营地，当天就到了海拔 7007 米的北坳。

晚上，42 岁的邬宗岳十分疲惫。高山反应使他从海拔 6000 米就开始彻夜失眠。感冒又使他不断咳嗽，嗓子也哑得说不出话来。而他却一遍又一遍地叮嘱突击队员们要吃好、睡好、注意身体，自己则在低矮的高山帐篷里，坐一会儿，蹲一会儿，思考着第二天怎么通过海拔 7400 多米风口的行动计划。

第二天凌晨，陡峭的山岩刚刚在晨曦中显现出轮廓，邬宗岳就带领突击队员们向上攀登了。

珠峰地区气候变化无常。他们刚一出发，风就大起来了，快到风口时，风势达到了八九级。

行军中，邬宗岳除了和大家一样背着鸭绒睡袋、氧气瓶、食品等东西，还多背了一部电影摄影机、一架照相机和一支信号枪。他背朝西面吹来的狂风，侧身挪步向北而上，以自己的行动鼓舞队员们的斗志。

大家跟着邬宗岳奋勇向前，胜利通过"风口"，到达了海拔 7600 米的营地。

5 月 4 日，队伍在七八级的大风中向海拔 8200 米的高山营地挺进。由于体力消耗太大，邬宗岳有时不得不在岩石上爬行前进。

在严重缺氧的情况下，他的呼吸开始变得非常急促，但是他仍然不断地端着电影摄影机，拍摄攀登的镜头。每拍完一个行程，他都以极大的努力去追赶队伍。

当晚，邬宗岳带领的突击队有 27 名男女队员到达了 8200 米的营地。

珠峰顶峰就在眼前了，突击队员们一个个充满了胜利的激情。

晚上，邬宗岳同志和很多运动员都兴奋得难以入睡。他干脆点燃煤气罐，一边为大家熬汤，一边鼓励在这次登山活动中刚刚加入中国共产党的解放军战士、藏族女运动员桂桑，说：

任务很艰巨啊，但是，正因为艰巨，所以

115

很光荣。共产党员是特殊材料铸成的，不管遇到什么困难，都要坚决完成党交给的任务。你们女同志一定要登上珠穆朗玛峰，为祖国争光，为中国妇女争气！

夜深了，人们都睡了。邬宗岳却坐在帐篷里，又在考虑第二天的行动计划。

长期的高山行军和繁重的工作，使这个被大家称为"胖子"的邬宗岳明显地消瘦了下来。但是他的革命斗志却更加旺盛了。

第二天，突击队向海拔 8600 米的最后一个营地进发了。为了留下海拔 8200 米以上高度的运动员们与大自然搏斗的珍贵镜头，邬宗岳解开结组绳，走在队伍后面拍摄电影。

队员们每次要求邬宗岳回结组，他总是说："这是政治任务，不能耽搁，你们先走吧。"

队伍前进了，邬宗岳却落在了大家的后面。

21 时左右，到达突击营地的队员们立刻去行军路上接应邬宗岳。但是，夜色茫茫，哪里有邬宗岳的一点踪影。

一个小时以后，邬宗岳还是没有回来。

于是，大家把所有的手电筒都打开，集中起来照射行军的路，高声呼喊：

邬宗岳同志——

邬副政委——

可是，同志们听到的只是呼喊的回声，却听不到邬宗岳的回答。

有的队员急忙脱下身上的鸭绒背心，要点火为邬宗岳同志引路。但是由于缺氧和大风，无法把鸭绒背心点燃。

邬宗岳失踪了。

消息传到大本营，人们都非常焦急。登山队党委的帐篷内外，挤满了人。

一个小时过去了，两个小时过去了，三个小时过去了……仍然没有邬宗岳的音讯。

第二天天一亮，登山队党委又派人寻找邬宗岳。几个小时以后，大本营从报话机里收到报告：

> 我们在海拔 8500 米的地方，发现了邬宗岳同志的背包、冰镐、电影摄影机和氧气瓶，可是，没有找到他本人。

接着报告里又说：

> 我们还发现邬宗岳同志背包旁边的悬崖处，有物体向下滑坠的痕迹……

现场观察和以往的经验说明：邬宗岳同志在那里牺牲了。

当这个噩耗传到大本营，人们都低下了头，眼圈不由得湿润了。

这时，湍急的绒布河水，仿佛停止了流动；高高的雪山，仿佛都在庄严肃穆地向英雄致敬。

珠穆朗玛峰峭壁千仞，冰川纵横，气候变化多端，人们每前进一步，都面临着艰苦的考验，每登上一个新的高度，都要冒着生命的危险。但是，为了伟大祖国的荣誉，邬宗岳把这一切都置于脑后。

就在邬宗岳踏上征途的前夕，他曾对爱人说道：

党交给我的任务，我一定要完成。登山是有危险，但你要相信党和人民给我的智慧和力量，相信我能够战胜艰险。万一发生不幸，你也要想得通，要想想无数革命先烈……

可以说，在历次登山活动中，邬宗岳英勇顽强，不怕牺牲，出色地完成了任务，为我国登山事业的发展作出了重大贡献。

本书主要参考资料

《国史全鉴》本书编委会编 团结出版社

《共和国五十年珍贵档案》中央档案馆编 中国档案出版社

《中国现代史资料选辑》彭明主编 中国人民大学出版社

《共和国体育元勋》谢武申 王鼎华著 人民体育出版社

《勇攀世界高峰》人民体育出版社

《远眺珠穆朗玛》马仲科著 敦煌文艺出版社

《走进珠穆朗玛》康世昌主编 甘肃科学技术出版社

《红旗插上珠穆朗玛峰》郭超人著 人民体育出版社

《珠穆朗玛峰科学考察散记》费金深著 天津科学技术出版社